U0645476

寻梦牡丹亭

陈平散文随笔集

陈 平　著

GUANGXI NORMAL UNIVERSITY PRESS
广西师范大学出版社
·桂林·

图书在版编目（CIP）数据

寻梦牡丹亭：陈平散文随笔集 / 陈平著．—桂林：广西师范大学出版社，2015.3（2017.7 重印）

ISBN 978-7-5495-6181-0

Ⅰ．①寻… Ⅱ．①陈… Ⅲ．①散文集－中国－当代 Ⅳ．①I267

中国版本图书馆 CIP 数据核字（2014）第 285478 号

广西师范大学出版社出版发行

（广西桂林市中华路 22 号 邮政编码：541001
网址：http://www.bbtpress.com）

出版人：张艺兵

全国新华书店经销

衡阳顺地印务有限公司印刷

（湖南省衡阳市雁峰区园艺村 9 号 邮政编码：421008）

开本：880 mm ×1 240 mm 1/32

印张：6.25 字数：120 千字

2015 年 3 月第 1 版 2017 年 7 月第 2 次印刷

定价：20.00 元

自序

何妨吟啸且徐行

这本书是我的文学作品的第二本集子。本书把我以前自己较喜欢的文字“集”在这个本子里。

大多数人出书都会请一位德高望重的文学评论家或资深作家来为其书作序。作序人的声望、名气能使其作品身价平平或身价倍增。我觉得自己不算是中国传统意义上的“文人”。另外，如请人写序，生怕写序人不完全了解你。《辞源》的“序”字中“序赞”里解释：叙述他人的生平简历，末加赞语，称序赞。如作序者赞语过火，给你“吹”过头了，难免遭人白眼；不给“吹吹”、“赞赞”，或给你的文字来个“贬谪”，会使你难受委屈。思来想去，既然不是传统意义上的“文人”，觉得这序还是我自己写为好。《辞源》“序”字中第六所释，序乃评价作品的文字；“序传”乃作者自叙的传记；“序论”是正文前总括全文要旨的议论文字。所以，我觉得这书我自己写序，会比请人写更好，因为“甘苦寸心知”！为此，我选用了自己平生最喜欢的宋词之一，东坡居士《定风波》中的一语：“何妨吟啸且徐行”，作为序的题目，算是“自序”。

我这辈子，感觉自己很像一个人。谁？《浮生六记》的作者沈复，即沈三白。但请注意：我绝不敢以文章水平和三白先生比！因为三白先生的传世之作《浮生六记》，虽只区区四万余言，但它却是“中国文学史上的一部重要作品和中国小说史上的里程碑”（林语堂先生语）。史载，三白先生一生没有参加过科举考试，那么秀才、举人、进士他当然也不是了。《浮生六记》的序中说他也不是知名的文人墨客，终身以游幕、经商、作画为业，浪迹天涯。我呢，和他最相似的是我个人的履历：只拥有小学学历，记得好像连文凭都没有，还读过初中一年级。迫于生计，15 岁便辍学回家放牛，还当了近一年挑夫。16 岁便开始习画，为人画眠床，一画画了 20 多年，还画过瓷器和广告；因为穷怕了，所以改革开放后“误入”商门。曾先后在沪杭住了近 10 年，在京师住了近 13 年，还在成都、重庆开过公司。几乎踏遍祖国东西南北，比三白先生还更“浪迹天涯”！我几乎整个人生都在“客舍如家家似寄”、“青钱换酒日无何”地生活着，在有点儿“乡音无改鬓毛衰”的时候，做生意觉得“力不能及”了，差点儿“走投无路”的时候才回到家乡梅州定居。这时候回来，几乎有点“儿童相见不相识”了。

现在算是个职业画家，但有一半是自己“封”的，这职业画家也没有任何级别之身份和所谓“美协会员”之类的“身份”。我还自封为“鲁班门下”出身，刻了一方“鲁班门下”闲章，因为连鲁班“门人”都不是，仅是出自其门下而已！文章倒是写了一些，参加了省、市作协，还曾当过市作协副主席。但这“副主席”连我自己都认为不怎么“地道”，一是没有由选举产生，也没有“委任状”，是几个作协主席“请”我当的；更重要的是，正如我们广东人说的：我是没“粮”（广东人说工资为“粮”）出的。和三白先生一样，我也从未入过“仕”，所以也没有“致仕”以后的“饷银”。出身于商人，曾是市商会（那时候叫民间企业家公会）的创会会长和首任会长。做生意做到北京，又创办北京梅州商会，成了创会会长和首任会长。回首当年，头上顶着省工商联常委和市政协委员的头衔，市统战部、工商联的领导请我去做“现身说法”，一起到各县去游说企业家们参加商会。而今想来，尤如“吊线戏子”，想想真有点令人啼笑皆非。这是旧事了，不提也罢。现在还有一大堆乱七八糟的“头衔”，自认为只有楹联学会会长、林风眠画院院长、客家书画院院长才可算是正宗的；因为这三个头衔，我是法人代表，中规中矩，是经国家相关部门注册承认的。

沈复终生游幕、经商与作画，浪迹天涯，我比他有过之而无不及。因为前半生穷怕了，幸亏邓小平先生的“白猫黑猫”理论，才使我终于不用再为一日三餐挣扎。20世纪80年代初便开始自己经商当个体户，我与三白先生不同的是，我没有给人做过“幕僚”，也没有给人打过工。无论经商或干其他事，我都干“一把手”。赚多少钱是另一码事，我这辈子从小时候就爱当孩子王，既“专横”也痛快，除了“文革”期间“躲进小楼成一统”地当末等“公民”之外，最引以自豪的是一生自由自在。年轻时给人画眠床、干漆画时叫“副业单干”，每个月规定你要拿30多块钱去交给生产队买工分。经商后无论是做大老板还是干小企业，我都是“董事长兼总经理”；如果生意顺利，不缺钱，比当皇上还舒服，我“知足常乐”！

这辈子最遗憾的是和林语堂先生一样，没有找到一个像芸娘一样可爱的女人过日子。这使我和许多人都不能不羡慕三白先生，因为他娶了一个中国历史上和中国文学中最可爱的女人（林语堂先生说的）——芸娘为妻。林语堂先生在其《浮生六记》英译本自序中说：“我们只觉得世上有这样女人是一件可喜的事，令人尽绝倾慕之念。”这我赞同。正因为认同林先生的观点，我也认为人生如有芸娘一样的女人为妻，乃三生之幸。于是我把1984年创办的企业起名为“芸香”，以示倾慕三白先生之意！多少年来，很多朋友、熟人问起我“芸香”的故事，我总会一笑了之，或另托辞他事。朋友，今天总该明白了吧！因为我和林语堂先生一样，那时真的心甘情愿地想备点香花鲜果到姑苏城外，供奉跪拜于这两位清魂之前，设想来生能偿此夙愿。

我的后半生虽得邓小平先生“搭救”，才不至于落得像三白先生一样“坎坷记愁”。但三白先生毕竟得到过中国历史上最可爱的女人，后半生虽“坎坷记愁”、“蹭蹬穷老”，但也很值了。至于对可爱女人的幻想，与这序无关，就写至此了。

这本集子里的文字大部分在国内报刊上发表过。因为我不是地道的“作家”和传统“文人”，写文章的目的也不曾想用它当作“敲门砖”更无需“补贴家用”，用现代的语言来说：我写作只是“休闲娱乐”， 很好玩。我的文章平淡如水，但大部分文字却是怀着满腔的情感来写的，是真实的，有的文章甚至是含泪在写。所以我的文章还是有一些“粉丝”的。杂文和随笔看似有点“不平则鸣”或“路见不平一声吼”的感觉，但因为我从小就读了很多“说谎”的书，接受着“说谎”的教育，所以学会了“说谎”。有些文章虽然“不平则鸣”，但“说谎”惯了，“谎话”总是有的；“不平则鸣”也只适可而止而已！这是众所周知的原因，务请读者诸君见谅！因为像我这个年龄的人，终归“一朝被蛇咬，十年怕井绳”啊！不比俞平伯先生评论三白先生的《浮生六记》：“说它是信笔写出的，固然不像；说它是精心结撰的，又何以见得。这总是一半儿做着，一半儿写着的；虽有雕琢一样的完美，却不见一点斧凿痕。犹之佳山佳水，明明是天开的图画，然仿佛处处吻合人工的意匠。……

俨如一块纯美的水晶，只见明莹，不见衬露明莹的颜色；只见精微，不见制作精微的痕迹。”我想，读者是会同意的。

沈复在《浮生六记》开头说他：“所愧少年失学，稍识之无，不过记其实情实事而已。若必考订其文法，是责明于垢鉴矣。”的确，《浮生六记》对我日后的文字创作产生了深远影响。

我学写散文，始于1995年。正如俞平伯先生在重刊《浮生六记》序中所说：“文章事业的圆成本有一个通例，就是‘求之不必得，不求自可得’。这个通例，于小品文字创作尤为显明。”也许是这种原因，我的第一篇散文《另一种乡愁》（发表于上海《新民晚报》）就是一种偶然。此后，在经商十多年的闲暇里还曾在《人民日报》《北京晚报》等报刊上发表过寥寥的十几篇散文和一些古体诗词。“文革”期间曾写过大量的古体诗词，但从来没想过日后能出书，这些发表过和未发表的文字也早已散失，在出第一本诗文集前曾搜肠刮肚地回忆、重写，但毕竟时过境迁，物是人非，当时的文字再也无法还原了。直至2008年正式退出商界，闲来无事，才又开始“玩”起文字来。

《五敛子》这篇散文是我退出商界后的第一篇作品。那一年，刚从北京回到我的第二故乡梅州市郊的梅塘村定居。梅塘村盛产杨桃（即五敛子），屋前屋后都是杨桃树。这里的杨桃清甜无渣，邻居们常拿着杨桃请我吃，但我却从来未看过杨桃树开花。一天，一位邻居正在摘杨桃，我走到树下，看着那硕大的杨桃果上面又挂着很多小杨桃，还一边开着许多紫红色的小花儿，便问他这是为什么。后来他给我解释说，杨桃是一年三熟的，一边开花，一边结果。这使我想起小时候母亲回娘家时从舅父家带回那奇酸无比的酸杨桃给我们吃时，一边给我们杨桃一边唠叨着：“杨桃可是一年四季都无空身的！”当时我们并不理解什么叫“无空身”。今天站在杨桃树下，看着那被杨桃果实压得弯弯的树枝，大杨桃、小杨桃和那紫红色的杨桃花儿，回想到母亲年轻的时候右手抱着弟弟，左手牵着妹妹，我跟在她后面，此情此景，面对那被杨桃果压得弯弯的树枝，那不正是母亲的形象吗？这时刻，母亲穿着那被汗水湿透的士林蓝布的衣服，坐在门槛上摘豆角或吃午饭的影像，一幕一幕的在脑中浮现。还有，小时候，夜里有时看到她在微弱的煤油灯下补衣服或钉钮扣时的情景，这些如那永不消逝的“电波”浮现时，猛然想到母亲已离开我们 18 年了，假如她还在的话，应该是一百岁了！

回首少年时代，我并非是个“好”孩子。因为家里兄弟姐妹多，我在众多的兄弟姐妹中排行第六，客家人有句俗话：“爹疼大，娘疼满，吃亏在中间”，在村里，我是数一数二的顽皮鬼，经常被邻居告到父母那里。记得小时候，父亲倒不太会揍我，但我可常被母亲打得屁滚尿流。尤其记得的是 1959 至 1961 年这人祸天灾的三年，我刚好是 13 至 15 岁长身体的时候，每时每刻都想着一个“吃”字。食堂散伙以后，每人每餐 8 钱米（那时每斤 16 两，按现在计算大约 25 克），伯父从泰国带回来由我父母抚养大的堂兄已经分家过了，堂姐也已出嫁。胞兄比我大12岁，当我13岁时，我两个侄女也已出世。父亲水肿得几乎不会走路。而我却经常“偷”家里的米到外边开小灶，后来母亲把“米房”锁了起来，但不管母亲把锁匙藏到哪里，我都能找到。而且我“偷”米的手脚奇快，有一次给她抓到，她用竹枝把我打得皮开肉绽，幸亏父亲发话说：“他还不是因为肚子饿才偷家里的米吗”，后来母亲才放了我。所以，小时候我甚至有点“恨”母亲，“恨”她不疼我。那时候，根本不理解母亲骂我打我是为了整个家庭不至于挨饿。还有，那时候晚上吃稀饭，一筒米（大约7两）熬了一大锅稀粥汤全家十几个人吃，哪里有多少饭粒。吃粥时父母一口粥汤一个咸蚬子，喝光了粥汤，父亲把碗底仅有的一点干粥渣倒给妹妹，母亲倒给弟弟，而我就只能跟着喝粥汤。那时候看弟弟妹妹有人疼，真的是很“恨”父母的！这种“怨恨”、这种际遇，长大成人以后，才深深地理解。

回首往事，永远都不会忘记60年代初的两三年！而那两三年（据说全国有几千万人饿死），我们客家地区最可怜的是我母亲这一代的女人们，为什么？正如《五敛子》这篇散文中写的一样，这里摘抄一段：“母亲每天在天刚蒙蒙亮就起床了，起床后第一件事是为一家人做早饭，在锅里把饭和蕃薯蒸上，边挑水边烧火，水缸挑满，饭也煮好了，待在锅里热着。此时天还未大亮，她就挑上粪桶浇菜去了，浇完菜，还要洗好一家人的衣服。”这是她早上干的活。“1958 年的公社化运动时期，人祸天灾，把本来就忙得‘走马灯’似的农家主妇拖进没完没了干活的‘人间地狱’。母亲每天除了天未亮就起床挑水做饭、淋菜、洗衣服外，还必须天天在生产队出工挣工分。往往家务未做完，生产队出工的螺角号或破锣就响了，下午收工后，还要打一担柴草回来烧饭，回来已经天黑了。吃完饭，洗碗筷，再把那没上油漆的‘八仙桌’擦得看不见污渍，已是晚上十一点多了！如果她早上洗衣服时发现男人或儿女们的衣服哪儿破了、钮扣掉了，她还要给一针一线打上补丁，钉好钮扣，日复一日，年复一年。”写到这里，我情不自禁地流着眼泪！那时候，并不单单是我母亲这样干活，而是所有客家妇女们都一模一样地在这“人间地狱”劳作。

多么艰辛的客家妇女，多么艰辛的母亲！当我会赚钱欲孝敬她时，她却走了。可怜的母亲，可怜的客家妇女们！

我带着无限的眷恋，为纪念母亲诞辰一百周年，含泪写完《杨桃颂》。为此，我还写了一行附题：“谨以此文献给我的母亲和我母亲这一代的女人们！”我知道，千千万万平凡的客家妇女是多么伟大！

《杨桃颂》很快刊登于《梅州日报》2009 年 9 月 5 日副刊头条；文章发表后，收到不少同龄人的共鸣和来电祝贺。《人民日报》也于 2010 年 1 月 23 日转载此文（转载时更名为《五敛子》，故现在这篇散文仍用《五敛子》），这篇散文并被收入人民日报出版社出版的 2010 年散文精选本《智慧不会衰老》。

“文革”结束后，我和千千万万的农民一样，离开了生我养我的“胞衣迹”，进城了，而且我是家乡第一个进城的农民。记得1976年9月18日全国为毛泽东开追悼会的那一天，我便从老家丰顺县山沟里悄悄地率先来到梅城，继续给人画眠床。到了80年代初，且有商场广告画了！1984年我便开始经商办企业，后来又到了杭州、上海、北京等地。生意越做越大，眼光也越来越“亮”了。

90年代初，随着父母相继去世，我也越来越不想家了！原来早就淡淡的乡愁也已经逐渐被湮没；三年前突然想起，屈指一算，自从父母去世以后，我也已经有十多年没有回老家过年了。因为交通方便，梅城离老家仅一个多小时车程，每年回去扫墓也只是吃个午饭便又回到城里。大前年被子侄们邀着回去住了三个晚上，冷冷清清的农村过年的已今不如昔。年初一，大侄子一句幽默风趣而又充满讽刺意味的话又引起我的无限深思。那天，他的一个侄孙女（我已是四代同堂了）来到我面前，我问她在哪里上学，大侄子立即说在读博士！我惊奇地问他在哪里读博士，他笑着说，“在我们这小学里么，现在我们村小学只剩下三个老师五个学生，不是读‘博士’吗？一对一呀！”天哪！记得我在1982年还曾捐赠过几万元给我们村的小学建教室呢！怎么仅剩下三个教师五个学生？之后，我和几个同龄人到学校和村里走走看看，那三天，没有一点心绪过年，几乎睡不好觉，反复思考着这是为什么。另外，又细细了解，才发现单我村子里进城的就有一千多人。但大部分人的户籍还在我们村里。

农村空了，以前过年的热闹场景已不复存在。儿时印象中的“小桥流水人家”也被不伦不类的小洋楼取代，小青瓦屋渐渐消失。原来1700多人的村子，据说现在平时只有200多个老弱病残在留守。空空的村子，平时连一个年轻人都看不到；而进城打工的大部分农民工们和做小生意的人在城里租房子住，他们的生存状况能不令人担忧？想到在客居北京时，每年冬天都会剪插栽种月季花枝来插苗，再想到这些农民工就如这些“无根”的月季。这次，过年回家住了三天，回来一气呵成写了《远去的乡愁》和《美丽的月季花》两篇文章（这两篇文章先后发表于《人民日报》《南方日报》）。我真为天下的农民兄弟姐妹们担忧，我真同情这些“月季花”们！

我写文章是“休闲娱乐”，和作画一样，也是个“杂家”。有人赞我是文学的多面手。其实，我写文章和绘画一样，样样都来，因为我不是科班出身，不懂“规矩”；几年前我甚至连什么是散文，什么是杂文和随笔都弄不清。以前给人画眠床，有人说这不是艺术，而是“赚食的画”。而我现在写文章，该不是“赚食的文章”了！去年，我画了一幅《归帆图》，借用李白《下江陵》一诗题跋曰：“两岸猿声啼不住，轻舟已过万重山。”今天本文又用苏轼的一句词“何妨吟啸且徐行”作为本书序言的题目；再把这本集子里的一篇散文《寻梦牡丹亭》

用作书名，习古人填词，词与词牌名两者“风牛马不相及”，岂不是更有“诗情画意”了！

嗟乎！读者诸君，假如您对我的文字感兴趣，请细细品读，也许可品出点“滋味”；但如三白先生所言：“所愧少年失学，稍识之无，不过记其实情实事而已”，“若必考订其文法，是责明于垢鉴矣”。

本书付梓，鉴于才情所限，缺点、疏漏之处难免。期盼方家能广赐雅言，不吝针砭。并诚挚感谢您读我的文章！

癸巳冬月写于梅江南岸寓中

目　录

月饼五十年

我家乡是粤东山区一个小山村，因为历史上和现在都未出过七品以上的官，更没有出过名人，也没有富商巨贾，所以小得连在市级地图上都找不到。

随着年岁的增加，人也变得有些怀旧了，家乡的旧事仍历历在目，最难忘的当然是儿时的过年过节。乡下过节比城里热闹多了，在孩子们眼中，除了春节，就数中秋节“大”了，因为中秋节有“月光糕”，这是孩子们最喜欢的甜食。

离我家约二十多里地的潭江镇，在韩江边上，五日逢一圩，临中秋前的那圩日特别热闹，农民都爱赶圩，这个圩日，每家总要从圩上买回一点麻饼和白切糕之类的糕饼，谓之“月光糕”，准备在中秋那一天晚上赏月时吃。1957 年以前，乡下虽不是物阜民丰，但也算丰衣足食吧！中秋之夜，如天清月朗，家乡的大人们三三五五围坐在禾坪上，趁着月色泡着工夫茶，摆上花生、柚子，吃那月光糕，尽管他们豆大的字不识一箩筐，但这时他们都还是挺斯文的，绝对不会大嚼大喝。这时，我便和小伙伴们唱着“月光光，秀才郎……”升平世界，不亦乐乎！

旧时中秋节，吃饼饮茶的时候，总会听大人们说什么“永和”、“声记”，原来永和、声记是我们圩镇的饼铺，生意兴隆，中秋节前夕加班加点。记得那是1956年中秋前夕，我在镇上读书，亲眼看到永和的师傅们做月光糕。那时，永和饼铺在横街上，敞开着店门，师傅们果然是在赤膊上阵，大汗淋漓。那时的饼铺当然没有车间和更衣室什么的，工场就敞开在当街的铺面上。做饼的师傅们在压饼砌糕时，脖子上搭条湿毛巾，汗水有时也滴在糕饼面上。烤饼的炉子是烧木炭的，那时节没有电，更没有温控表，全凭手往炉膛上一扬便知温度，真了得。

到了我念完小学上初中，还是在那个圩镇上，已是大跃进时，接着是三年人祸天灾。乡下农家一日三餐只好“瓜菜代”，到1960年“瓜菜代”也没有了，米糠必须经公社卫生院证明患了水肿病才可按月配给几斤。那时，中秋节当然还是有的，但永和麻饼和声记的月光糕当然没有了。中秋节也黑灯瞎火，悄无声息，这种情形有三四年的光景。永和的饼铺还是那些房子铺面，成了人民公社食品厂，在做糠饼、稻草饼和蕉头糕。永和的老板更胖了些，但这“胖”不对头，手指一按一个窝，要很长时间才会弹起——原来他也患了水肿！

步入青年，正赶上“文革”，中秋节当然是“四旧”，应该“砸”的。那时物资奇缺，连买火柴、肥皂和盐都得凭本本到供销社配给，票是城里人才有的。据说城里那时还有些很粗的糕和饼，但必须凭三票——粮票、饼票加上人票，“人票”者，人面是也。糕没了，饼没了，中秋节既是“四旧”，当然不可能有花好月圆花前月下笙歌情切切。中国历史上的文人墨客特别有雅兴，中秋之夜吟风弄月，可当时的文人们却在“牛棚”，在“五七”干校劳改，妻离子散，天各一方，凄凄惨惨戚戚，哪来花好月圆情切切？中秋节几乎被人们渐渐地淡忘，据说广州城里有名的饼铺、老字号更遭灭顶之灾，如广州莲香楼、陶陶居等名店，连店名都改为“东升”和“东风”，连茶都不准卖，仅供开水，由客人自我服务，做饼师傅们只得卖半成品，卖面条、鱼皮蛋等维持生计。

“文革”过后，拨乱反正，糕点行业有了新的生机，自此之后，一些老字号和有名的饼铺纷纷恢复原名。随着改革开放的深入，不但逐步提高工艺技术，更重要的是提高了管理水平。80年代至90年代初，可以说是糕点行业，尤其是月饼行业的全盛时期。那时候，全国各大中小城市的月饼行业均红红火火，80年代中期，无论是老字号还是新办食品厂，在中秋前夕均需加班加点，但仍然供不应求。尤其是那些著名饼铺和食品厂，月饼门市门前均排着长龙，等候买饼。看着风风火火的糕饼行业，我也不知不觉走进了这一行业，1984年在梅州办了糕点厂，做起月饼来了。1985年、1986年两年，做月饼竟做到八月十五日下午三时仍无法满足需求。记得1986年八月十五日，门店里五天前就宣布月饼订完，但买饼的人竟跑到工厂车间门口，你出一炉他们要一炉。刚出炉的饼热得烫手，他们便连烤盘一起端走，到工厂外等冷却后再拿，丢上一把钱就走，真是令人啼笑皆非。这样的生意，老板笑了，车间里的工人更看得目瞪口呆。说实在的，那时候，无论是国营、集体、个体私营的头儿们，钱包都是涨鼓鼓的，个个财大气粗，进货也不欠账，卖饼的也现款进货，忙得不亦乐乎！这样的生意，在广东一直维持到 90 年代初期。确确实实，做月饼的厂家，一个中秋节下来的赚头，利润竟然超过整年的生意。

做月饼能赚钱，吸引了不少国内外的投资者，自 90 年代初以来，国内不少人也纷纷加入这一行业。国外的同胞们更是眼光明亮，从 80 年代末到 90 年代初，外商在沿海一带投资糕点行业的占了很大的比重（按投资户数的比例）。从 90 年代中期开始，由于参与月饼竞争的企业不断增加，又随着人们生活水平不断提高，对糖和月饼质量有更高的要求，月饼的消费今不如昔，很多糕点厂举步维艰。但是，糕点行业中，厂家们还把希望寄托于月饼的产销上，仍旧希望能在月饼中赚点利润。时至今日，月饼仍不失为糕点行业中第一大支柱产业，可谓占据半壁河山。

原载 1999 年 9 月 24 日《北京晚报》

1999 年 9 月 28 日《人民日报》海外版转载

二游溪口

浙江的奉化溪口，历史悠久，山川秀丽，这里是蒋介石的故乡。因为蒋在中国历史上的地位，又由于奉化溪口的雪窦山风景优美，所以溪口很有名。溪口位于宁波市西南方向，距宁波仅二十多千米，溪口以剡溪之水而得名。剡溪源头，主流出于剡界岭，由新昌入境奉化，沿溪风光优美。

因徒弟是宁波人，20 世纪 90 年代，我经常去宁波，也曾两次去过溪口。去溪口当然首先要看看蒋介石故居，如丰镐房、文昌阁和小蒋读书的小洋楼等蒋家建筑。至于蒋家的是是非非，我们老百姓不加评论。但我们这代人，从小学读书时就知道“人民公敌”蒋介石，认为蒋就是一个流氓，一个恶棍。尤其是在 20 世纪 80 年代初，我曾买过一部六卷本小说《金陵春梦》，看过后尤对蒋的印象很不好。《金陵春梦》很像是罗贯中的《三国演义》,《三国演义》把曹操说的一无是处，“奸雄、恶毒”，“奸刁辣恶”，在人心中都留下不良印象。幸而《金陵春梦》没有像《三国演义》那么家喻户晓，不然，蒋介石的形象恐怕还要比曹孟德坏上十倍百倍!

《金陵春梦》把老蒋说成是“郑三发子”，从河南发大水在脚盆里幸存下来，漂流到江浙的溪口。总之,《金陵春梦》里的郑三发子就是流氓、地痞，书中对他没有一句好话，这里就不说了。我两次到溪口，没听人说过老蒋和小蒋的坏话，听当地人说：老蒋每次坐车回家，一定在村口下车，悄悄步行回家，绝不惊动村民和邻居。从不会把车开到家门口，前呼后拥。看来，蒋氏父子在家乡的口碑并不坏。还听当地人说，当年老蒋要改建丰镐房还是老盐铺，一个邻居无论如何都不愿意把旁边房子卖给他，老蒋没办法，就只得隔开重修。按照当时情况，老蒋位高权重，有什么是他办不到的？如果他真是流氓，来硬的，可想而知，这户人家还能有安宁？

另外，老蒋的形象，由于在改革开放以后，文章和戏剧中比较如实地反映，至于他的什么手段毒辣等等，依我看，一代枭雄，其实都是“量小非君子，无毒不丈夫”的人物罢了。自从二游溪口以后，才知道以前我所知道的老蒋，并不是一个完全真实的形象。

奉化的溪口，的确是个好地方。两次到这里都是 11 月份左右，剡溪的溪水清清，浅浅的水里小鱼游来游去。蒋家小洋楼下的拱桥，垂下来的大树，水中的倒影，令人流连忘返。煞是一幅美图也！

2005 年 12 月写于北京东郊

漫话楹联

记得少年时，手轻敲着桌子，闭上眼睛，朗诵着这些美妙的句子：

身无彩凤双飞翼，心有灵犀一点通。
隔座送钩春酒暖，分曹射覆蜡灯红。

金蟾啮锁烧香入，玉虎牵丝汲井回。
贾氏窥帘韩掾少，宓妃留枕魏王才。

还有更好听的呢！

春蚕到死丝方尽，蜡炬成灰泪始干。
晓镜但愁云鬓改，夜吟应觉月光寒。

那时节，只知道这些句子抑扬顿挫，琅琅上口，工整的对偶排比，真使人感到“如听仙乐耳渐明”。这就是“诗中之诗”——对联！律诗的三、四句和五、六句。

少年时，至于李商隐何许人也，不知。“春蚕到死”怎么才“丝方尽”呢？更加不知。后来长大了，始知蚕儿吐完丝便死了，也知道蜡烛烧完了，“泪”也“干”了！用蚕儿吐丝和蜡烛燃尽比喻爱情的忠贞，真不知道诗人是怎么感悟出来的。

我之所以喜欢楹联，是从读诗开始的。

楹联，即对联，俗称为对子，又称为联语、联句、楹帖。楹者，柱也，因为常把对联题写于两根楹柱上，故有“楹联”之称。

以前，楹联研究者认为后蜀广正二十七年（964年）后蜀主孟昶所写的一副“新年纳余庆；嘉节号长春”是我国最早的一副对联。其实不然，后据楹联学者们研究考证，早在两千多年前，我国古诗文中已有对偶的运用，如《左传》：“言之无文，行之不远”；《诗经·郑风·子衿》：“青青子衿，悠悠我心”……正如唐代刘知几《史通·叙事》所说：“大抵编字不只，捶句皆双，修短取均，奇偶相配。”那时对偶这种修辞技巧日臻成熟，无疑使汉语语言文学艺术更加丰富发展，孕育了对联这种艺术形式。也就是说，对联的前身是对偶句，对偶是汉语中的修辞格式之一，由“对仗”和“骈偶”二个词演化而来。先秦时期的《诗经·小雅·采薇》中的“昔我往矣，杨柳依依，今我来思，雨雪霏霏”，及《周易·文言》中的很多名句，都是十分工整的对偶句子。汉代把饰桃人，画神荼、郁垒像改为在桃符板上书写“神荼”、“郁垒”二神的名字。“神荼”、“郁垒”，上下字数相等，名词对名词，词性相同，左神荼、右郁垒的写法和对联的读法（上联尾仄声，下联尾平声），以及上联在右下联在左的贴法完全一致。把对联文字写在桃符板上，应该是中国最早的对联。

对联从古诗文的对偶运用萌芽期到后来推广繁荣兴盛，一直和诗有着血肉关系。对联是我们中华民族一种独特的文学艺术形式，一种地道的“国粹”，它根植于我国文化和俗文学的沃土中，雅俗共赏的对偶格律，人民群众更喜闻乐见的艺术形式，畅行于文坛，应用于社会，经久不衰。

这是我之所以喜爱楹联的原因吧！

原载 2010 年 1 月 8 日《梅州日报》

五敛子

梅江河边梅塘村，这里“芳草鲜美，落英缤纷”，到处是杨桃，一派绮丽的田园风光。

梅塘的杨桃远近闻名，果大，清甜无渣。杨桃树一年四季郁郁葱葱，为梅州这座小城释放着人们最为需要的氧气，还为这里的村民们指以柴米油盐、指以建房添置家具、指以娶妻纳媳、指以发财致富而带来不少的“银子”。

查看《辞源》条目：杨桃，又名洋桃、阳桃、羊桃。然古代并不叫杨桃，而叫“五敛子”。另一条目：五敛子，果名，又名五稜子，羊桃、阳桃，晋稽含《南方草木状》卷下：“五敛子，大如木瓜，黄色，皮肉脆软，味极酸。上有五棱，如刻出，南人呼棱为敛，故以为名。以蜜渍之，甘酢而美。出南海。”宋范成大《桂海虞衡志·棱志果》作“五稜子”。那时杨桃是酸的，必须以蜜渍之，方能“甘酢而美”！我小时候，吃过这种奇酸无比的酸杨桃，母亲在给我们杨桃吃的同时也给我启蒙了一句话：“杨桃一年四季都无空身的！”怎么“无空身”，她没说，但那时她讲这句话的音容笑貌，几十年过去了，至今还记忆犹新。

我母亲年轻时很漂亮，可她却是个文盲，但她知道杨桃一年多熟，开花、结果，结果、开花……周而复始。她也许不知道，就她这句话，让她的儿子足足思考了半个世纪；就她这句话，让她的儿子在她离开人世以后，每在想到远在天国的她的时刻，独沧然涕下！

家的屋前屋后、左边右边都是杨桃，这辈子吃了不少的杨桃，却从未注意过杨桃开花。农历三月的一天，邻居告诉我说杨桃开花了，我赶忙去看，一朵朵淡紫红色的小花，有的在光溜溜的树干上开，有的在小树枝上开着，把鼻子伸到杨桃花前，一股很淡很淡的幽香沁人肺腑。因为杨桃的花儿实在太小太小，杨桃树枝繁叶茂，如果没有走近树前，是不会看到杨桃树在开花的。也许是红花不香、香花不红的缘故，杨桃开花时节少有蜂蝶传情，而是“默默无闻”的。杨桃树无论大小，它的树枝都向四边垂着，三月首次开花以后，都是一边开花一边结果。上边挂着小果，下边开着小花儿，再下边的大果已经熟了，不堪重负的枝条只得向下垂，为人们默默地奉献着自己的一生，这就是杨桃，即五稜子！

母亲是 1992 年去世的，那年她 82 岁。她去世的时候我远在杭州，是患脑溢血突然离开人世的，走的太突然了，临死前一句话都没有留下！家里人说，母亲半小时前还坐在门前摘豆夹，摘着摘着就没有了！

母亲 16 岁就嫁给我爸爸，生了三男一女，还替我远在泰国的伯父带大了两男两女。可想而知，仅靠种田，要牵扯大这八个孩子，一辈子需要付出多大的艰辛！

从能记事起，我就知道母亲每天在天刚蒙蒙亮就起床了，起床后第一件事是为一家人做饭，在锅里把饭和蕃薯蒸上，边挑水边烧火，水缸挑满，饭也煮好了，待在锅里热着。天还未大亮，她就挑上粪桶浇菜去了，浇完菜，还要洗好一家人的衣服。农闲时节，尚可在门坎上或拿个小凳子坐着摘摘菜和邻里们聊聊家常。假如儿女们在场，她还会经常叨念着，比如“学勤三年，学懒三日”之类的话儿。

1958年的公社化运动期，人祸天灾，把本来就忙得“走马灯”似的农家主妇拖进没完没了干活的“人间地狱”。母亲每天除了天未亮就起床挑水做饭、淋菜、洗衣服外，还必须天天在生产队出工挣工分。往往家务未做完，生产队出工的螺角号或破锣就响了，下午收工后，还要打一担柴草回来烧饭，回来已经天黑了。吃完饭，洗碗筷，再把那没上油漆的“八仙桌”擦得看不见污渍，已是晚上十一点多了！如果她早上洗衣服时发现男人或儿女们的衣服哪儿破了、钮扣掉了，她还要给一针一线打上补丁，钉好钮扣，日复一日，年复一年。

看着眼前挂满杨桃的树枝，杨桃果间或又开出了无数的紫红色的小花儿，想起儿时母亲右手拉着妹妹，左手抱着还在吃奶的弟弟，我跟在母亲身后的时刻，眼前的杨桃树，仿佛是母亲的身影。杨桃树为了多结果实，一年四季，仅仅只有两个多月没有挂花挂果。《辞海》条目说："五敛子"一年三熟。母亲为了家，为了儿女，默默地劳作。而她不就是"无空身"的杨桃树吗?

原载 2010 年 1 月 23 日《人民日报》

寻梦牡丹亭

庚寅三月春，闻“客天下”园林名满天下，偕诸友相约一游。缓步登山，果然山道宛转，山花姹紫嫣红，登山远眺，嘉州小城，郁郁葱葱；梅江“湖”水，泛绿如蓝，山前梅子半熟，杜鹃啼红，白色桐花正盛，红白相间，白红掩映。结庐于此，人间仙境是也！

是日风和日丽，有电瓶车侍候，行行停停，走走歇歇。行走之间，导游小刘说到了“情人谷”，并将余等引入谷里。里面有亭子两间，林荫树下，小鸟叽叽喳喳，恬静宜人，两间亭子，略显现代，乃尚未起名。据云，将来“情人谷”建成，应有客家山歌里面的“藤儿缠树”。余等好事，令二亭命名，一曰“金风”，一曰“玉露”。此“金风玉露一相逢”，彼乃“胜却人间无数”是也！游人或新婚燕尔，或老夫老妻，或青梅竹马，或是婚外恋人，无论真情假意，到此“金风”“玉露”片刻，终不悔此生矣！

余等正在唧唧，园主蔡先生至，聊兴更浓，每每聊及客家人之“藤儿缠树”还是“树儿缠藤”，离不开生死之恋。然余则倡言，有此“情人谷”，不如建一“牡丹亭”，谷口有湖，湖水澄澈，湖波荡漾，湖边丝丝垂柳，再种一片牡丹，诗情画意。把大戏曲家汤显祖的《还魂记》搬来“情人谷”口，妙不可言。《还魂记》又名《牡丹亭》，天下有此名亭者多矣！杭州西湖的“花港观鱼”有，苏州的园林里有，洛阳和山东菏泽皆有牡丹亭。华文漪、顾铁华虽已老去，“游园”一出仍然惊梦。记得20世纪90年代，有一年大年初三下午，央视播过一次《牡丹亭》京昆折子，全是“游园”一出，国字一流角儿，演员们年轻，青春焕发，声色貌全，二十载过去，仍历历在目。

十几年前，“小诸葛”白崇禧的公子白先勇没有秉承父业，煞是和苏州昆剧院弄了一出青春版的《牡丹亭》，把台大、北大的学生哥儿姐儿们弄得个个神魂颠倒！说那罗密欧与朱丽叶有啥了不起，咱柳公子硬是和杜家小姐爱得死去活来，这才是真正的“生死恋”！这才够罗曼蒂克！余闻讯托金陵朋友买来全本《牡丹亭》青春版DVD，结果还真被白先勇的青春版迷住，十几年来，几乎一有闲暇，即来享受一番咿咿呀呀的“水磨调儿”。

“但是相思莫相负，牡丹亭上三生路。”他年“客天下”若真建有牡丹亭，年年牡丹花开季节，余定来亭旁给柳公子烧炷香，再折半枝垂柳，看看杜家小姐丽娘！

正是“不到园林，安知春色几许？”

原载2010年10月9日《人民日报》

三进“大车店”

早就想写一篇有关医院急诊室的文章，想把那里的实事记录下来，但却迟迟未曾动笔。今天，我终于写了。这些都是实实在在的事。

什么叫“大车店”？大车店什么模样，我也不太清楚，只是从书本上看到过或偶尔在电影电视中看到过。据说是北方旧时那种乱哄哄、吵吵闹闹的一种低档旅馆。又据说大车店也很像南方农村圩镇的“圩日”或北方人叫的“赶集”。大车店是旧时代一种供赶马车的人投宿的旅馆。大车店不但供赶车人住宿，还可供拉车的牲口拴养喂饲料。假如大车店是这个模样，那么我觉得我们国家的很多大医院的急诊室便十分像这种地方。因为我曾三次进过这种地方。并且觉得越有名、越大的医院，其急诊室越嘈杂越吵闹越乱越像大车店。我这里写的文字就是想说我以前印象中的医院急诊室——旧时的大车店。

我第一次进“大车店”，进的是北京乃至全国大名鼎鼎的协和医院。那是 2007 年中秋节过后不久，我因急性胃炎出血和十二指肠溃疡，口吐鲜血。下半夜三时左右，胃部疼痛尤如刀割，只得叫司机开车闪着双灯，从北京东郊走京津唐高速，直奔北京。可到了大羊坊收费站时，收费站的车堵得一塌糊涂，我的司机不得不拨打 110 求助警察，说明车上有危急病人。几分钟后，警察赶到，立即封锁一条通道，并在前面开道，同时求助 120 派车接送我到最近也是最好的协和医院。送进急诊室，这里人山人海，大厅里、过道里，灯火通明，横七竖八地放着病床、椅子，床上椅子上全躺着坐着病人，呻吟声、哭声、叹息声，甚至还有吆喝声，声声入耳！天哪！从未见过这种场面。这哪里像医院！在我的心目中，医院应该是一个安静的地方，因为我记得以前到医院看病人时，医院很多地方墙上都有一个红色圆圈圈着的“静”字。那天半夜里首次进急诊室，早被这一架势吓得魂飞魄散，加上胃痛犹如刀割，心想，这回完了，这条小命恐怕玩完了！

一边女儿去挂号交钱，一边医生给我“望闻问切”。给我打了止痛针后，还要打点滴；幸而一位像是陪护病人的家属给我让出一张躺椅，从那天凌晨四点多开始打点滴，一直打到下午五时左右，一共打了八瓶（袋）。协和就是协和，不但止住了胃部剧痛，而且医生对我说：“按理，像你这种病人，现在是不准出院的，但现在医院确实没有病床，没办法只能放你出院吧。幸而你住在东三环（当时我办公室在东三环双井），离医院不远，有事马上回来，现在先开点药给你带回去服，如果没问题两天后回来开胃镜彻底检查。”结果我两天后回去一查，是严重的十二指肠溃疡和急性胃炎，医生给我开了不过一千多元的药，并叮嘱我忌喝酒和浓茶。我遵从医嘱，服完所开的药，几个月后，便完全治愈了几乎穿孔的老胃病和严重的十二指肠溃疡。后来，好像从什么报刊上看到介绍协和医院医生的文章，也听人讲过，协和医院医生的医德和医术是一流的。果然如此！

当年底，我回乡过春节，第二次进了“大车店”，这个“大车店”是我们市最好的人民医院（黄塘医院）。那是2008年春节，天寒地冻，风刀霜剑，特别冷，从腊月十五到年后好几天，每天阴雨绵绵，室内的温度比室外还低。家里虽装了空调，但只有冷的没有暖的，只得买了一个电暖器取暖。到年初七，太阳终于出来了，那天下午，我趁着暖洋洋的日光到河堤上散了大约两小时步，晒晒太阳。可回到家里，心梗（当时并不知道，因这情况已有好一段时间了）并引发的胸部、背部、肚子各处的疼痛，实在难熬，便到一个私人的诊所看了一下，服了点药，渐渐缓和了一下剧疼。到了晚上，疼痛又复发，加倍服药后暂时止了疼。可第二天下午，疼痛又发作了。这时，才意识到光服药止痛已不是办法，家人赶紧将我送进市人民医院。一诊断，疑似心肌梗死，必须住在急诊室观察。

这里的急诊室，同年前在北京协和医院见过的有过之而无不及：病人的呻吟声、哭声，陪护家属的讲话声，还有那所谓的吸氧的塑料管喷出的氧气嗞嗞声，更加使人难受，刺眼的日光灯如同白昼，假如是无病之人碰到如此环境，没病都会弄出病来！有病之人，那就更难受了。在这“大车店”住了一晚，如同度过一年。

第三次进“大车店”，还是在首都北京。2008年10月份我乘飞机去北京，由于乘机前的两晚没有休息好，飞机起飞一个多小时后突发脑梗死（当时自己并不知道得了这个病，这是后来到医院检查后才知道的），头部会不由自主地晃动，不能控制。幸而坐在我旁边的是一个随机工程师，当他发现我的情况不自然时，问道：“先生您是怎么回事，是否身体不适？”我将情况告诉他后，他马上转告空姐。空姐前来问清情况，并告知机长，机长立即与地面联系，乘务员说机长问我是否要派救护车。当时我不知道自己的病情严重，告诉他我有家人来接机，请机场派个轮椅到机仓门口接我出去便行。机场按我的要求，落地后便有两个地勤人员推着轮椅守候在机仓口，并立即把我送到出口，同时问我女儿说是否要到医务室检查。因当时我感到除了头晃控制不了之外，神志完全清醒，便谢绝了他们的好意。另外，我还叫女儿不要将此情况告诉她远在海南的妈妈和在广州的兄嫂。回到工厂，头还在不停地晃，女儿才偷偷地打电话给她在中山医科大学的嫂嫂。她嫂嫂询问了医生，医生告诉她是危险的脑梗死，要她立即通知她妹妹叫救护车送到北京较好的医院。女儿听后大吃一惊，立即呼叫120，半小时左右120赶到后，我们请车上医师把我送到海军总医院。但医师说，北京最好的脑科是宣武医院，建议我们去那里。

我们接受他们的建议，到了宣武医院。天哪！宣武医院的急诊科甚至比以前进过的两个医院急诊室更加拥挤和热闹，不但厅堂和过道挤满了人，就连进门口都放着打吊瓶的椅子。幸亏医生给我安排了一个能躺下的移动病床，但是，头部的晃动仍然不止，那时真担心如果就此下去，这辈子算完了！急诊室只有两个值班医生，在根据他们的要求用完药后的后半夜终于止住了头部的晃动。我请医生开个病床，但医生说如有空床的话，早就给我住进去了，看来无论如何都得在这刺眼的灯光下熬过一夜。加上前两天在广州没有休息好，那时已经是凌晨三点多了，如此下去后果难于设想。于是，请求医生放我们出院，到附近宾馆先休息几个小时。临天亮，联系好海军总医院的朋友（他在海总住院部当书记），六点多钟便住进了海总。根据宣武医院的检查情况，结合海总医院医生的复查继续治疗，几天后全愈出院。谢天谢地，这次得病，没有留下任何后遗症。

得了三次急病，进了三次医院的急诊室，使我对医院急诊室的印象十分深刻。我觉得，我们医院的"大车店"假如条件能好一点，也许会使很多病人减轻病痛或治疗后可不用住院。但在这么恶劣的环境下，小病都会弄出更严重的病来。国家如今富强了，医疗经费哪儿去了？有次看报道，国家在医疗上的投入仅仅占 GDP 的 6%，医生和护士的工资竟要靠他们自己挣来发，对公益性事业的投入少得可怜。反观"三公"消费，尤其是一些官员的办公室，宽敞豪华，一个小小的科级干部、局长的办公室至少 50 平方米，甚至还有会客室、休息室，很多单位都有装潢奢华的“培训中心”或疗养院。宽大而且装修豪华，用纳税人的钱去享乐，这哪里是“为人民服务”啊！另外，我也曾得过两次急性的小病，半夜里到外资医院的急诊室，那里安静而且服务周到，医生的医术精湛，虽然收费是要贵一点，但我觉得很值。我们的三级甲等公立医院的急诊部门如此条件，简直不可思议。这种“大车店”形象，政府什么时候能考虑到，又能够改变呢？

最后我想说的一句话是：政府官员应该多替普通的百姓想想，不能光顾自己，这样才会得到人民的拥护。

2010 年冬写于梅江南岸

航母梦

我少年时期最喜欢玩的游戏，第一是下陆战军棋，棋艺应该说至少“不臭”，平生很少遇到对手，而且好胜。我读小学时候是 20 世纪 50 年代，那时，哪有现在孩子们那么多好玩的游戏,体育课上有时老师用陆战军棋模拟分成红蓝二军的游戏——“打野战”，这也是我少年时代最爱的游戏之一。“打野战”时老师如果分给我当军长，我肯定不要，因为我喜欢当司令，当司令可指挥大家，是孩子王。如果分不到司令，我尽可能弄个炸弹或地雷，甘愿和“敌方”最关键的官儿同归于尽，守住军旗。所以，我至少是半个“军迷”。可惜，这辈子无缘当兵。

从小至今，我最喜欢看战争影片和书，也十分关心国家有哪些尖端武器，更关心国际上的战事。当然，我这是瞎操心。比如海湾战争时，以美国为首的多国部队进攻伊拉克的时候，萨达姆自称有多少个师的精锐“共和国卫队”，有多少坦克和火炮，他仅用几个小时便把科威特吃掉了。可是，被“山姆大叔”的 F22、F16、B52 和法国、英国的飓风式战斗机上万架次的轰炸，千百枚巡航导弹和会钻地的高爆炸弹精确打击后，据说那些精锐的“共和国卫队”士兵从地洞里爬出来以后，几乎个个像傻瓜一样，完全丧失了战斗力。还据说老布什原来准备了一万口棺材，预计会牺牲一万个美国大兵，可后来只用了几百口。那些死掉的美国大兵，还有一半多是自己误伤的。这就是现代战争！

我还喜欢看CCTV 9频道的纪录片，尤其是《国之大器·国防尖端武器研制历程》。庆幸中国现在有了“两弹一星”，有了洲际导弹，有了核武器，也有了核潜艇，总算有了一点“威摄力量”了。可是，比起发达国家来，据说还要落后20年！作为世界上人口最多、外汇储备最多的国家，美国最大的债权人，联合国安理会五个常任理事国之一的中国，至今没有一艘航空母舰，多没劲！还不及泰国、印度！“弱国无外交”，所以，心里很不是滋味。

据说建造一艘航母要上百亿美元，养一艘航母每年也要好几十个亿。但咱中国是养不起还是不会造呢？或者说是不会用呢？应该都不是。中国不是世界上第三个拥有载人航天器的国家吗？缺钱？恐怕也不是。每年各种公费支出加起来合上万亿，假如拿出百分之二十来，不也有上千亿，够建造或买几艘航母，可以养几个航母战斗群。连文莱、菲律宾这样的国家都敢开军舰在中国的领海挑衅，逮捕或打死中国的渔民。我们几个“军迷”“发烧友”喝了几杯啤酒后谈起这事时，都满腔怒火。假如我们能在南沙或西沙群岛建个军事基地，并有两个航母战斗群在那里，估计别国也就不敢侵犯了。

又比如最近伊朗和美国交恶，伊朗总统内贾德警告说，“山姆大叔”的航母不能驶入霍尔木兹海峡，还要封锁霍尔木兹海峡。但“山姆大叔”不但开来一个“卡尔·文森号”，还开来一个“里根号”战斗群。如果我们中国也有三五艘航母，哪怕不是核动力的，其他国家也就不敢这么说三道四了。可惜的是，对中国人而言，餐桌上的茅台和XO，宝马和奔驰似乎比航母更重要。

我说，我们的官员们和公务员们，如果能不用公款消费茅台、五粮液和XO。能坐大众或捷达代步视察，开会时住在三星或二星级酒店，而不是五星级，把省下的钱建几艘航母，中国在国际上也就可能会有更大的发言权。

2011年3月写于梅江南岸寓中

文化的潜力

郭沫若于1924年8月9日致长函给好友成仿吾，诉说他留学日本时的受辱经过，摘录如下：

1918年8月初，我入学福冈医科大学，挈妇将雏从冈山前往福冈。下火车后，人力车夫将我们拉到医科大学前面的大学街，停在一家大旅馆门口。我们夫妇走进旅馆，下女将我们引上楼，进了一间很清洁的房间。不一会儿，旅馆主人赶上来，估量了我们一下，说这间房子已经刚才有人打电话来订出去了，请我们夫妇下楼："楼下还有好房间，比楼上还好"。我们被领到临街一间侧室，一边是茅房，一边是下女寝室。我马上明白了：这明明是赶我们出去！

不一会儿，店里番头（即领班）悄然进入，拿着号簿来登记，旅客照例要报上年龄籍贯等等。这位番头对我全无敬意，我却故意一副卑恭之态。

——我是支那人，姓名不好写，让我替你写吧。

——那么，写干净一点！

当番头问及来此目的时，郭答曰："进大学。"番头问："进大学干什么？”在他看来，这个中国人进大学最多是干苦力。郭忍住怒气答曰：“我进大学去读书。”

——啊！真是奇怪，我这一句话好象咒语一样，立刻卷起了天翻地覆的波澜！番头恭而且敬地把两手撑在草席上，深深地向我叩了几个头，连连地叫着：

——喂呀，你先生是大学生呀！对不住！对不住！

他叩了几个头后便跳起来，出门大骂下女：“你们搅的什么乱子啊？大学生呢！大学生呢！快看房间！快看房间！啊！你们真混账，怎么把大学生引到这间屋子？！……”

下女也涌了进来，店主夫妇也涌进来了。

大学生！大学生！连珠炮一样地乱发。下女们面面相觑，店主人走来叩头。

这儿的大学生竟有这样威光，真是出乎我的意料之外。

第二天我们一早要离开旅馆，店主人苦苦留住了我们吃早饭，走的时候番头和下女替我们搬运行李，店主人夫妇和别的下女在门前跪了一排，送我们走出店门。

……

这个“悲喜剧”因为对郭沫若刺激太深，所以他写了一封长信给成仿吾要“牢记耻辱”。但是，我们应从这则“郭沫若的故事”看到日本当年之所以能迅速崛起，是尊重文化。因为文化最深处才是一个国家的潜力。

"文化"这两字的含义，全世界人都知道：文学是文化最重要的基础，没有文学便没有文化的一切，无论是社会主义国家还是资本主义国家，都会把文学放在文化的首位。文学能最好地传播、传承民族文化！

我还曾读到两则文学家受到尊重的故事。一则是唐代诗人李涉夜遇强盗，强盗问他："你是什么人，赶快留下买路钱。"李涉答曰："我是一个读书人，姓李名涉。"正巧这强盗是个诗歌爱好者，马上向李涉连连赔罪。事后，李涉应强盗所请，还题赠了一首诗：

暮雨潇潇江上村，绿林豪客夜知闻。
他时不用逃名姓，世上如今半是君。

另一则故事讲的是二战胜利前夕，英国首相丘吉尔的夫人克莱曼蒂访问苏联，顺路访问了契诃夫的故乡，受到契诃夫的妹妹马瑞安的接待。克莱曼蒂问她："敌人占领克里米亚时，你没有受到骚扰吗？"马瑞安答道："我们很幸运，纳粹的一个司令读过契诃夫的小说，他对部下说他认识这位伟大的俄国作家，下令保护这座住宅，所以我们侥幸平安地过来了。"世界上连强盗，连纳粹分子都懂得尊重文学，这也许就是文化的潜力！

梅州是"世界客都"，早就被誉为或自誉为"三乡"。哪"三乡"？恐怕所有梅州人都知道梅州是"文化之乡""华侨之乡""足球之乡"。"文化之乡"当然是"三乡"之首！但现在咱这“三乡”除了“华侨之乡”还有点底蕴之外，其余二乡提起早就叫人汗颜（这是一位著名的梅州籍文化人语）了！再请看看：梅州很多AAAA、AAAAA级的国家旅游景区，到处写着或刻着一些不伦不类的所谓客家歇后语和什么“阿姆话”，这就是所谓的客家文化？一些不伦不类的对联、匣语上下颠倒，词语混乱，这就是客家文化？再还有，一些俗不可耐的山歌词，就叫客家文化？一个被称为“文化之乡”的“世界客都”，连个纯文学刊物都没有，有那么多文化烂事当然就不足为怪了！没有文学，又怎么崛起？没有文学，又怎么向世界去传播客家文化，怎么向子孙后代去传递“客家精神”？

三四年前，我获悉市属的两个文学刊物《嘉应文学》、《客家人》已经“老大嫁作商人妇”了。我作为“好事者”，建议有关部门将她们“赎回”，作为培养乡土文学作家的平台。但不知什么原因，没有下文。后来仔细想想：我是谁哟，人家凭什么就得听我的呢？

呜呼！一个有拥200多个作家的城市，竟然连个纯文学刊物都没有，多么可悲！没有文学，又谈何文化，又谈何崛起？

我作为一个文学爱好者，多么盼望有识的领导能把“商人妇”尽快“赎回”，把她们培养成一个个优秀的、真正的“客家媳妇”！

但是……

2011年3月16日写于梅江南岸寓中

兰庭记

曹展领先生约余至其府上赏兰久矣。庚寅秋九月，望日，天朗气清，惠风和畅，足以畅叙幽情。盖偕两友轻车从简，匆匆前往赏兰。曹君家住湖寮，乃梅州之东百里。婉蜒公路，沿途崇山峻岭，修竹茂林；银江韩江，曲水流觞。

三时抵达曹府，此地小巷深幽，寸土寸金，虽弹丸五层小楼，五户人家，但布局精致。楼下设诗社楹联分会，会客办公兼之，真“室雅何须大”也。案头盛开“台北小姐”，婷婷娉娉，如待字闺中处子，幽香四溢。可谓“花香不在多”也。余正唧唧，曹君遂呼余等入室登楼，观赏“兰庭”。嗟夫！天台方寸之间，竟栽得名兰三百余盆：台北小姐、鹤之华、春兰、秋兰、寒兰、贺岁兰，等等。虽密密麻麻，然错落有致。

国人自古将兰花喻为君子，爱其玉条翠叶，清影迷离；浅笑含香，俯仰风流；幽香远播，不媚凡俗。曹君一生爱兰，兰若其人，人如兰花，为兰花题诗作赋、著书立说。夫兰庭乘月，傍兰把盏，低吟浅唱，以兰会友，广交天下“兰士”，“谈笑有鸿儒，往来无白丁”，“先天下之忧而忧，后天下之乐而乐”！乃作文记之。

原载 2011 年 6 月 2 日《梅州日报》

细　节

杭州好友寄来两斤正宗的台湾阿里山“手摘”茶叶。那茶确实好喝，又香又醇。品茶时刻，想起前些日子看到《人民日报》海外版刊登王平先生的一篇随笔《细节台湾》，文章中提到台湾茶叶的事儿：“阿里山一位茶农告诉我，他每年用价格贵得多的豆麸铺地而绝不用化肥，因为怕伤害土质。难怪这茶那么香醇！这是台湾人‘精心’的深层原因——对手头有限的资源怀着近乎虔敬的珍爱。就是这种对孩子般的呵护，让台湾各地的土产，从老街走到今天纷纷形成自己的品牌，台南的虱目鱼肚汤、担子面，彰化的肉丸，嘉义的鸡肉饭，宜兰的葱饼，深坑的豆腐等等！”我一边看他的文章，一边往肚子里咽口水。

他在文章中还说有位大陆的朋友从台湾旅游回来很是失望：“服务什么都很好，就是风景一般。”他说此君以前游过黄山、九寨沟，上过青藏高原，去过欧美，想在台湾寻找新的视觉震撼确实不易。

我不知道王平君是干什么的，但从文章中知道此君很可能是一位大媒体人或中央级驻台人员，他对台湾很有研究：比如他说台北信义区的路面很有意思，每隔几百米，路面图案一定变，绝不雷同。各种色调的地砖、麻石、大理石、水泥板，犹如创意大赛般拼出精巧的图形，粗糙的麻石框以温润的大理石，中心再嵌一块菱形，或五颜六色的瓷砖组成几何图案……为了美化城市挖空心思在如此细枝末节上雕琢，但人家台北是这么做了，他称这是台湾式的精心。

还有，他说日月潭的酒店，房间内的温泉浴池直面湖水，可一边泡澡一边饱览湖光山色；拉拉山的森林木栈道，把二十多株神木全部连在一起，让游客爬山胜似闲庭信步；淡水的榕堤，大榕树长长的枝条盖住路面，一直伸到水上，榕阴下坐看夕阳十分惬意；台北永康街整洁低矮的民居，带着时光流逝的静美，那么多各具特色好吃好玩的店铺点缀其间……

王平君说："游台湾，比看好山好水更重要的是好好品味台湾的'细节'。"

我没有去过台湾，但看完王平君的文章，也很想去台湾亲自体会一下台湾的"细节"。但仔细想来，我纵然去体会了台湾的"细节"回来，又有何用？因为我纵然对台湾的"细节"品味再深，也无法影响大陆的"细节"。是的，我确实无法影响大陆任何地方的"细节"。可是我想，虽然无法改变也不能影响大陆的任何"细节"，但是，我总可以"梦想"一下这些"细节"吧！比如我们的梅州，这个客家人聚居的小城，称为"世界客都"，这里是我的家乡，我爱我的家乡。

每天清晨沿着河堤往市中心散步，看着梅江河（或称为湖更恰当，因为河水会流动，湖水则不流动。对，称人工湖吧！）上有一两只老式的小渔船，在这“湖”上撒网捕鱼，便想起了李白《黄鹤楼送孟浩然之广陵》中的“孤帆远影”，今天的河中，船是“孤”了，但有船没“帆”。因为为了省力，渔舟已装上马达现代化了，自然是没有帆了，更没有“渔歌互答”。船上一男一女，应该是渔夫渔妇吧，在网中捉鱼，清晰的船影与人影，沿江金岸和东中分校的楼房影子在泛蓝碧绿的水中随小船轻轻地抖动。在这 21 世纪充满着现代生活气息的小城里，这种影像虽不太协调，在如今到处河水、溪水、湖水，但凡是水都被严重污染的时候，咱梅州竟还有那么恬静的水和恬静的生活环境！假如这恬静的湖水中有那一叶“孤帆”，晚上又有那么一曲“渔舟唱晚”，那该有多么惬意！

还有，咱梅州盛产沙田柚，称为“金柚”，号称全国最大的沙田柚生产基地。沙田柚本是一种驰名水果，含丰富的果糖和多种维生素，而且是天然的“水果罐头”。可就是有的好吃有的不好吃，有的没有水分干巴巴的，还有的甚至会霉烂！我不是果农，也非技术人员，不知道这是什么原因。据说干巴巴的是施用化肥的结果，到底怎么回事，不得而知。我想，一个那么好的东西，不注意这些“细节”，影响了整个水果的名气。我们能否像台湾人一样精心呵护这片珍贵的土地，不施用化肥？有关部门能否着手解决这些技术问题，使“金柚”的质量稳定？果农们能否像美国的“新奇士”甜橙，组成一个叫“新奇士”

的协会，自行管理维护好这一品牌，成为真正的世界驰名水果呢？

再有，梅州有好多好多的土产、特产和小吃，为什么我们就不能和台湾一样，形成自己的品牌呢？比如梅州的腌粉腌面，南来北往的客人都很赞赏，而我们又该怎么珍爱这得来不易的赞赏？

原载 2011 年 6 月 2 日《梅州日报》

何处兼容燕子巢

离开京城已快三年了。当每天拂晓聆听着夜宿我家阳台上燕们怯怯的“叽喳”声时，总会念及原来我客居京城时院子里的几对家燕。这些小邻居们和我在这院子里的屋檐下风雨同舟，相住经年，感情颇深。

据说那院子今年已拆迁改建楼房，燕子怀旧，假如这些小邻居们今年某日千里迢迢如约北徙归来，在找不到它们的旧巢时刻，那寻寻觅觅、声声断肠的哀鸣又将何如？我茫然。

千百年来，国人从来把燕子登堂入室视为大吉。我小时候，村里的祠堂，家的厅堂，栋梁下面那条“子孙梁”两边结满燕巢，晚上燕子夫妻两相依依，在窝内“呢呢喃喃”。那时节，人们把燕子作为友好邻居，慷慨地把自家的厅堂供燕子筑巢，生儿育女，繁衍后代。燕子和人们近在咫尺，落落大方，正如唐代诗人李商隐诗曰：“自喜蜗牛舍，兼容燕子巢。”燕子亦早出晚归，捕捉田间的害虫来报答人类对它们的慷慨和“兼容”。人燕之间，其乐融融，走过了千秋万代。

鸟族中，唯家燕喜与人类结伴，在人居中穿堂入室。但如今无论是城市还是乡村，越来越多的平房被高楼取代，燕们是否要和其他鸟一样到树林中去风餐露宿，一改它们千万年的遗传？比如，几年来，夜宿我家阳台上的几对燕子，它们已“无梁可依”了。假若我的阳台再装上防盗网，这些小邻居们将会栖宿何方？飘泊天涯？

诗人的“梁上有双燕”的句子……

原载 2011 年 6 月 18 日《人民日报》

湮灭的燕事

读6月29日《梅州日报》第三版刊出的一篇《千只燕子夜栖电线上》的报道，我不禁大吃一惊，因为这并非“奇观”！知否？知否？这是当代燕子的悲剧——呜呼！果然，可怜的燕子们已无梁可依，无檐可遮，无台可歇，无舍可入了！

如今，随着院落平房被取缔，千万幢高楼大厦崛起，无论城乡，迎接它们的到处都是冷酷门窗和铁蒺藜般的防盗网。人们在囚禁自己的同时，也迫使燕子改变它们千万年来的遗传，改变栖宿习惯，学会风餐露宿。不仅如此，它们以后还得用千百年的光阴来调教子孙，剔除那与人为邻的基因，恢复远祖时住山洞的习惯。也许有朝一日，燕子在改变它们的习惯不能成功时，该物种会灭绝。大自然将处罚使它们灭绝的人类，农作物会因为害虫失去天敌而大幅减产。人类为了不使农作物减产而再施用多一点农药，人们就会再多吃一点残留农药的粮食和果蔬。更使人不敢想象的是，假如一个物种灭绝，是否还会带来更可怕的自然灾害？我不是科学家，也非预言家。既然如此，人类就只能听天由命！

两个多月前，当我清晨听到夜宿我家阳台的几对燕子的叽喳声时，我曾因怀念客居京城时与我为邻的几对燕子而写了一篇

《何处兼容燕子巢》的散文。我喜欢它们登堂入室，喜欢它们早出晚归，更喜欢它们捕捉田间害虫，帮助人类获得丰收。念及我那北徙归来的燕子找不到旧巢时那寻寻觅觅徘徊的声声哀鸣，拙文曾写道："千百年来，国人从来把燕子登堂入室视为大吉。我小时候，村里的祠堂，家的厅堂，栋梁下面那条'子孙梁'的两边结满燕巢，晚上燕子夫妻两相依依，在窝内'呢呢喃喃'。那时节，人们把燕子作为友好邻居，慷慨地把自家的厅堂供燕们筑巢，生儿育女，繁衍后代。燕子和人们近在咫尺，落落大方……"但如今，千只燕子栖宿在电线上，它们果然已经风餐露宿了！

"燕子来时春社近。"相传，燕子春天社日北徙，秋天社日南迁。因此，燕子的南迁北徙是惜时的最佳情物。燕子的归去来兮，更从行为和心灵美学上渲染了人世间的悲欢离合。燕子的万里识途和履约而至，更让人心生欣慰和暖意。它们在恋旧、忠诚、守诺的情操上，比犬执着，比人更可信！所以，人们都喜欢这些小精灵，让它们登堂入室。

"卷帘燕子穿人去，洗砚鱼儿触手来。"那些栖宿在电线上的燕子，真的要改变那千万年的遗传，与人诀别了？我不敢看那"蔚为壮观"的一幕，仅看了这篇报道的题图，那电线上的燕子影像，早就像那片片的黑树叶儿，在我心中摇晃！心灵脆弱的我，随着燕子们那无处归宿的声声断肠的哀鸣，失魂落魄。燕们的"家"在何方？

原载 2011 年 7 月 9 日《梅州日报》

久违的蛙鼓声

久居城市，早已听不到蛙声了。但那“喔喔喔、呱呱呱”的蛙鸣声永远都和我的梦魂萦绕。

我老家是粤东一个偏远的小山村。房屋的右边是稻田，左边前面是一口大池塘，门前是一大片田地。每当夜色深沉的夏夜，尤其是骤雨初歇，远远近近，蛙声起伏，可真是个热闹的天下：“咽咽咽、咿咿咿”，大肚子青蛙蹲在稻田的水草上边打鼓边唱歌；长腿蟋蟀隐在田埂上或石堆里弹起美妙的琴弦；那时明时灭的萤火虫像一盏盏的小灯笼，在夜空中逡巡；还有那叫不出名字的小虫子，也在“唧唧唧、呀呀呀”奏响一曲夏夜交响乐章！

夏天的夜晚，大人们大多光着膀子摇着葵扇，在禾坪上纳凉；我和小伙伴们最喜欢的是把萤火虫捉来盛装在一个玻璃瓶里，让它们“集中”发亮。这时，突然会传来一声“吱”——凄惨的叫声，接着便是短暂的寂静，像那热闹的交响曲随着乐队指挥的指挥棒一划，骤然而止。大人们告诉我，这是那叫得最响的青蛙给蛇咬住了。我最惧怕蛇，心也随着那惨叫一时抽紧了。

随着年岁的增长，以后对青蛙有了逐步的认识和了解。知道一只青蛙一年可吃掉数千只诸如稻螟、蝗虫、蝼蛄等农作物的害虫，但蛇是青蛙的天敌。蛇、青蛙、害虫就像我们小时玩的剪刀石头布的游戏一样，一物降一物。

科学不断发展，社会在不断前进。随着城乡污染日趋严重，化肥和农药使田间和池塘里的青蛙越来越少了，更没有了那“稻花香里说丰年，听取蛙声一片”的景象，而我们广东人那“天上飞的，地上爬的”全都吃进肚子里的饮食习惯，捕食青蛙者的卑劣买卖，却有增无减。市场里卖蛙人的嘴脸，一边剥皮一边吆喝，那鲜血淋漓的景象惨不忍睹。而各式饭馆里“金环玉腿”等美味却引来食客如云。据说，四川和成都一年剥光皮的“癞蛤蟆腿”每年运到“食在广州”各餐馆的就有几十吨了！

昨晚，又是一个雨过初晴的夏夜，月亮从浮云间露出来。我无意中步入阳台，耳边忽响起那久违的蛙鼓，初时一两声，继而忽东忽西，渐渐连成了一小片，“咯咯咯……唧唧唧”，竟也有点像柴可夫斯基的《小夜曲》，那声音清脆悦耳，在这夜阑人静时刻，深深地叩击我的心扉！而这诗意般的境界，是久居闹市的人难于领略的。在我听来，这如鼓的蛙声比那疯狂的迪斯科更富魅力。我索性打开窗户，关掉房间里的电视，听着一片的蛙鼓声，进入梦乡……

原载 2011 年 8 月 4 日《梅州日报》

湮没的豆蔻年华

两年前，我和35位初中同学在梅州搞了一次聚会，至今懊悔不已。

2009年中秋节前两个多月，几个家住梅城的小学和初中同学听说我已从北京“落叶归根”了。他们打听到我的电话并联系上后，匆匆赶到我家，虽然我们有20多年没有见面了，但还是一见面便认出对方，拥抱着喊着对方的名字，喊得人心口烫乎乎的。

老同学见面，分外亲切。虽然我们都被岁月抹去了青春，但基本还是那个模样，只是苍老了。接着，我们喝酒、吃饭，互相倾诉那“离情别调”，诉说着两班同学中谁谁怎样，谁谁又到哪里去了。最使我们觉得悲怆的是：120多位初中同学，竟然有30多位已经离开这个世界，去了“天国”！

当时，一位同学提议我们搞个老同学聚会，纪念一下。我立即和同学中最有“出息”的一位——现为华南理工大学教授的陈列强联系，商量共同发起一个初中同学聚会。我的提议立即得到他的回应：赞成。经商议，把聚会时间定在了中秋节的翌日，地点就在梅城。

经过一位同学的积极联系、落实，2009 年中秋节的第二天，35 位初中同学如约来到梅州。当年，我们上初中时是 1958 年，现在是 2009 年，足足半个世纪的离合。那天，我们相聚在一起，互诉衷肠，逐个描述这 50 多年来的往事。想当年，我们都正是恰同学少年，但随着时光流逝，如果现在走在大街上，也许都互相不认识了。只有我，大家异口同声说永远都不会忘记！我高兴得噙着热泪，感谢同学们还记得我。或许是当年我曾是班里最顽皮捣蛋的一个，大家都记得我最喜欢给全班同学和老师起“花名”，叫外号，而且我起的花名绝对形象，百分之百能叫成，甚至 50 年过去了，现在有的同学的“花名”仍然还在叫。再或许是我没有上完初中就回去放牛了，而且我在改革开放以后又一次又一次地制造新闻，使我的名字成为一个符号，成了同学们茶余饭后的故事，使大家都还记得我。

这次同学们分别半个世纪后的聚会，真不寻常！尤其是像我们这个年龄段的人，都是新中国成立前几年出生的，都一起经历过新中国成立后所有的“运动”，特别是反右派斗争、人民公社化运动、三面红旗，那些差点被饿死的年代。我们还一起回忆用咸蚬子吃开水的时节，第二天双眼水肿得要昂起头看人。幸而那时候我们太多的同学初中读完便没有条件上学了，不然，在那场“浩浩荡荡”的“文革”中又不知道还要失去几个同学。

这次聚会，我们分享的是大家分别半个世纪后的咸酸苦辣，互诉衷肠！如今我们都年至“古稀”，特别是看到少有的几个女同学，当年正是豆蔻年华，如今几十年过去了，美貌和青春已从她们脸上流逝，假如没有这次聚会，这些女同学在我们脑海里还是花季少女的音容笑貌。所以，我们又觉得，这也是我们最不应该的一次聚会。

2011 年春节

远去的乡愁

海畔尖山似剑芒，秋来处处割愁肠。

若为化得身千亿，散上峰头望故乡。

乡愁，颇像一曲古老而又充满着温馨的歌，每当夜阑人静之际，它会时隐时现，忽远忽近在你耳边响起，恰如游子剪不断的情怀和思念，洒满了童年的酸甜苦辣。这时，真恨不得两胁生出翅膀飞向故乡！

我的故乡是一个典型的盆地式客家小山村，一排排的小青瓦房傍着四周山脚建造，中央是水旱两用的田野，村子里屋前东西两条小溪清澈见底，水中小鱼小虾偶尔可见，整条小溪上有不少“石跳”和石板小桥，每天早晨，妇女都会三三两两地蹲在一起洗衣服，并呱呱啦啦地唠叨着家常。春天季节，桃红柳绿，竹篱兼小青瓦屋、绿树一角的屋檐下袅袅炊烟，真是“小桥流水人家”！俨然一幅生机盎然的设色“国画”！

当然，最使人眷恋的还是故乡屋后的那一片片树林，尤其是我们村子祠堂后面那一片，大的可两三人合抱，小的如缸瓦罐粗。这树林子下面，连接长着贴着地面生长的野草，是我童年的乐园。这一片“园子”树林，会长出如针刺般的“园子”，秋深果熟季节，掉得满地皆是，剥去带刺外皮，咬开果壳，如板栗肉一样喷香；这些树木，一年四季，郁郁蓊蓊。还有，不管多么热的酷暑天，只要往那里看上一眼，就会感到浑身凉爽……然而，这些长了几辈人时间的参天古树，经“人民公社”办食堂以后，被伐做食堂柴薪或大炼钢铁烧做木炭，早已荡然无存。就连新中国成立后就断了“香火”改做小学的祠堂，如今也已经断壁残垣，长满野草了。故乡的小学，20 世纪 80 年代初期，有老师 10 多个，学生 200 多名，因为校舍拥挤，迁出原来改做学校的祠堂。但到如今，故乡的小学去年仅剩下 3 个教师 5 名学生了！据说不久要撤掉并校。

在我的家乡，我是第一个走出去的人。1976 年，我悄悄离开那贫困的小山村去到外面的世界。刚出来的头几年，每逢过年，总想回家看看，由于渴盼着回家，提前多少天心旌就摇荡了，觉睡不好，饭吃不香，合上眼睛就感觉走进了家门。背着鼓囊囊的大包小包的年货回到家里之后，一连几个晚上，全村子里老老少少都会到你家里闲聊，听你讲外面的精彩世界。讲到吃的时候，和你一起咽口水；讲到快乐的时候，和你一起欢笑；讲到惊险的地方时，一起和你捶胸顿足，一支接着一支地抽着我带回村子里很少见到的香烟，满屋子烟雾缭绕，满地的烟头烟灰，人来了一拨又一拨，二三十条香烟不到一周便一扫而光了。这也许便是“乡音”和“乡情”吧！那时节，许多的人向我投来羡慕的目光，试探着如何离开！

城市的丰富生活经常使我忘却那些“乡音”和“乡情”。最不习惯的就是上厕所，客家人乡下的粪缸大而深，上厕所时那些花脚大山蚊会把你的屁股咬得起个大包，奇痒难受。还有，因为交通不便，虽说乡下老家离城里直线也不过几十千米，但无论从哪里绕道，坐车坐船也得整整一天时间。

父母去世后，我去了更远的杭州、上海和北京。到换了世纪的前几年回到乡下老家时，原来 1300 多人的村子，平时仅剩下 200 多个老弱病残在留守，年轻人像我当年一样离开了家乡，几乎看不到年轻人和小孩子了。

村子里的小青瓦屋正在慢慢消失，许多不伦不类的“小洋楼”杂乱无章地长在原来村中央的田地里，那一幅生机盎然的设色“国画”再也没有了！

今年春节，我回乡下住了几天，拜访一些同龄人或长辈时，仍然很少见到年轻人。他们说前几年过春节时村里还很热闹，但这种景象这两年好像也没有了。

前两天，早几年就随着打工的父母到城里上学的侄孙还未开学，来我家玩电脑，看着他飞快点击键盘，我问他：“你想你爷爷奶奶不？”他摇摇头。我又问他，想老家不。那一刻他专心玩着电脑，连头也不回了。

对于年轻一代来说，远去的，看来不仅仅是村子里的热闹和那幅生机盎然的设色“国画”，还有那淡淡的“乡愁”。

原载 2012 年 2 月 29 日《人民日报》

鬼 吏

“鬼吏”乃是人们常说的阴曹地府的小鬼。古人云：“阎王好见，小鬼难缠。”且大部分小鬼都不是好东西。

明代有两则说阴曹地府的故事。一个是大戏剧家汤显祖的戏剧《牡丹亭》中“冥判一出”的判官。杜丽娘初入冥府，当天是由十大阎王册封之判官轮值，见杜丽娘颇有姿色，小鬼们齐声劝大王留下做后院夫人。判官大怒曰：“这是犯天条的，凡擅用女囚者，斩！”第二个是祝允明的《志怪录》里讲的类似的一个故事：泰和县萧某的媳妇刘氏，名叫还娘，和杜丽娘一样染疾而死，葬于郭外。冥府三个大王见到还娘，齐声问道：“抓错人了，怎么办？”小鬼们说，留下算了。大王坚持纠错，把还娘放还人间。后来杜丽娘得以和柳梦梅结为美满良缘，还娘亦和萧某白头偕老。

看来，不但人间有好皇帝、坏皇帝，好官吏、坏官吏，故事里的阴间也有好阎王、好判官，坏阎王、坏判官。这两则故事中的阎王们和判官就表现不错：有错必纠，知有天条，不敢擅用女囚。真是常言说的：“阎王好见，小鬼难缠。”这些鬼吏就企图制造冤案，怂恿判官把杜丽娘留下做后院夫人和留下还娘。这两则故事都出自于明代，反映了明朝胥吏的可恶。正如明末清初大学问家顾炎武先生说的，明亡于胥吏之恶，百万胥吏“皆虎狼也”！而当今胥吏、冗官泛滥，更有甚者，还买官卖官，弄虚作假，结党营私，吃喝嫖赌等不一而足。据说现在网上流行“小偷反腐”，原因很简单，贪官有钱，但贪官的钱是不义之财，小偷一旦得手，失主（贪官）不敢报案。因为破偷窃案而牵出大贪大案的实在不少。

治国先治吏，贪官、恶吏问题不彻底解决，离历史上的教训借鉴则不远矣。

2012年4月18日写于梅江南岸寓中

大师的遗梦

1616 年，即明万历四十四年，农历六月十六日，中国历史上伟大的戏剧大师汤显祖，在他的家乡江西临川，带着深深的遗梦，驾鹤西去。也许是历史上难得的巧合，英伦三岛另一位戏剧大师——莎士比亚也在这一年的早几个月，即公历 4 月 23 日，在他的家乡斯特拉特福逝世。这二位是当时世界上最伟大的戏剧大师。莎士比亚只活了 52 岁，但留下了 37 部剧作；而汤显祖活了 66 年，仅给我们留下了可怜的 5 部剧作。

两位大师同年相继离世，当然是世界人民的遗憾。但最为遗憾的还是大师汤显祖死前贫困潦倒。然最使他遗憾的是，自从遂川被夺官之后，朝廷再也没有重新启用他，使他忧国忧民、修身齐家治国平天下的远大抱负未能实现；使他那立功名、光宗耀祖的理想成为泡影。他带着深深的遗梦离开了人间！而另一位大师莎士比亚却赶上了资本主义发展时期，商业繁荣的英伦三岛，位于泰晤士河口的伦敦，来自世界各地的商船云集于此，经济的繁荣带来了文化娱乐业的发展。莎士比亚出身贫寒，没有光宗耀祖的念头，更没有立功名当官的思想负担，也没有汤氏忧国忧民的情怀，尤其没有汤显祖治国平天下的远大理想。

他来伦敦是为了生活，到伦敦的剧场打工：拉大幕、搭布景、跑龙套，专心挣钱过日子。在剧场打杂跑龙套的时候，一个偶然的机会，人们发现这个手套匠的儿子编剧才能胜过演技，便让他执鹅毛笔写剧本。从此，他源源不断地供给剧团剧本，财源滚滚也使其成为剧团的股东，后又成为剧场的老板，尤其是他留给世界的 37 部剧作，使他获得全球性的巨大声誉。正如人们说的，莎士比亚不属于一个时代，而是属于所有的世纪。

莎士比亚衣锦还乡回到斯特拉特福时，已是很体面的乡绅，也是很受当地人尊敬的显贵，门楣上终于镶上了他梦寐以求的贵族徽记。他向当地教堂捐了一笔钱，这样，他活着的时候，教堂里便有他的专用祈祷座席，死后可以很体面地埋葬在这里。这就好比我们国内一些“荣誉市民”或特邀政协委员等，享受着特殊公民待遇。据说莎翁的故居和墓地，至今乃是去英伦旅游的人们非去不可的景点。

我钟情于昆曲，痴迷《牡丹亭》，崇拜汤显祖，是汤显祖的剧迷。昆曲《牡丹亭》的版本有十几个，“文革”前一年，我从一个东家那里得到过一本石印本《还魂记》（即《牡丹亭》），由于我生性喜爱戏剧，一看便被迷住了。可惜这本得来不易的好书，在除“四旧”时，生怕被此书连累，连同另几本石印本的《芥子园画传》都一起放入灶膛焚毁了。

我们的大师家住江西临川（即今抚州），1990 年初我曾想去那里旅游，拜谒大师遗踪。后听人说那里已找不到什么可供凭吊的遗迹了，沙井巷后汤显祖纪念馆仅有现代画家赖少其和石凌鹤各撰一联聊以看看之外，大师晚年写作、会客、排戏的“玉茗堂”早已湮没在历史的尘埃中（但 1992 年以后逐渐引起当地政府重视，已在抚州汤显祖纪念馆建有“四梦广场”“三生桥”和“牡丹亭”等景点）。可怜的大师，这辈子正如《明史》上说的：“蹭蹬穷老”。这位从未发达的文化名人，晚年处于“竹篱园蔬，鸡莳豚栅之中，穷困潦倒”。比起莎士比亚，汤大师确实惭愧！

汤大师为何如此？实在是几千年来中国封建社会的文人观念给害的。因为从封建社会至今，中国文人的观念是“学而优则仕”。自古而来，科举制度极度诱惑着文化人，当官这一诱惑使历代文人削尖脑袋、跑断脚筋往里钻，甚至买官、卖官。为当官他们使出浑身解数，洋相百出。我们的汤大师虽然按《明史》里说是“坚拒权臣利市”，当年“张居正欲其子及第，罗海内名士以张之……显祖辞而来往”，因此开罪了当朝首辅大臣张居正。直至张氏逝世，他才中了进士。中进士后，被安排在太常寺任礼部主事，由于他自视甚高，又上书万历皇帝，痛斥“陛下御天下二十年，前十年之政，张居正刚而多欲，以群私人，嚣然坏之；后十年之政，时行柔而多欲，以群私人靡然坏之，此圣政可惜也”。将万历皇帝和两任首辅全都得罪了。这万历皇帝可不是明君唐皇李世民，汤显祖也不是魏征，礼部主事算是哪路神仙？万历皇帝一怒之下把他谪为徐闻典吏，滚出京城！稍后才让他迁遂昌，做了几年芝麻县令。正是当年在遂昌知县任上，大师完成了他那让梨园传唱千秋的杰作《牡丹亭》。并于受黜夺官的那年秋天，完成了《邯郸记》的写作。就那几年，他的戏剧成就达到了巅峰。《牡丹亭》的演出，轰动京师，那时京城达到了满城传唱《惊梦》的痴狂。杜丽娘的“花花草草有人恋，生生死死随人愿”让多少有情人为之垂泪！柳梦梅唤得杜小姐魂兮归来，风情万种地唱出“良辰美景奈何天”，又有多少男女为之断肠！而这时，伦敦少女巷的环球剧场也正上演着莎翁的《温莎的风流娘儿们》，那个被捉弄的颟顸情人福斯托夫出现在聚灯光下时，整个舞台都被掌声震得晃动起来。这两位大师的艺术魅力，可谓不分伯仲。应该说，那时我们的汤大师应该和莎翁一样接着写他的剧本，挣银子过生活才是，可汤大师放弃了。他仍然憧憬着朝廷有朝一日再起用他，做着官场之梦。他放弃了这个最能使他发挥艺术天才的“事业”。更可怜的是：他在临死前不久还写了一首《贫老叹》诗：

一寿二曰富，常疑斯言否。
末路始知难，速贫宁速朽。

呜呼！可惜大师至死都未醒悟，为这一“仕”，使他一生“坎坎坷坷勿自嫌，楚楚酸酸弗自怜”。虽然生活上贫困潦倒，但他的才华、编剧的天分、声誉、影响绝对不亚于莎翁。而汤的才情，汤剧的完美，却不能换来莎士比亚在当时所拥有的一切。这大概就是中国文人的悲哀吧！

汤显祖的一生，14 岁就考中秀才，21 岁中举人，但 34 岁才中进士，为了这一“仕”，他足足花了 20 年。在汤的心目中，戏剧乃是诗词文之后的消闲末技。而莎士比亚则不同，他认为写剧本，挣钞票，天经地义，所以他呕心沥血，全力以赴。他获得声誉与成功，那是理所当然的。

中国的科举制度虽然早已取消，然“学而优则仕”的观念，现在仍然是压在中国文人头上的大山。时至今日，连大学教授都热衷于做官，崇拜行政级别，而大部分中国文人首先还是想去“入仕”，因为“入仕”才能分到一杯权力之羹。在写这篇文章的时候，我竟又看到某保险公司门口的电子荧屏上打出一条令人啼笑皆非的横幅：“热烈祝贺我们公司荣升副部级央企！”

看看，中国的权力令多少人羡慕。难怪咱汤大师至死都还梦想着朝廷有朝一日召他回去做官！

2012 年“五一”前夜写于梅江河畔

美丽的月季花

月季花品种繁多，有深红色、粉色、白色、黄色、橙色、紫色的……花朵犹如玫瑰，五颜六色漂亮极了！月季月月开花，南方一年四季开，北方也能从四五月份一直开到十一月，属蔷薇科多年生的花木。

月季花容易栽种，据说还浑身是宝，根叶可药用，有活血祛瘀、解毒消肿之功效，还可治妇女月经不调、烫火伤和瘰疬等症。但是，月季花满身长着锋利的刺，经常会把弄花人扎得鲜血直流。还有，盛开的月季花朵大、颜色鲜艳，可惜两三天便凋谢了。

栽培月季需用无根的树枝，我在这里把月季花比作农村里的女孩子，借用“月季”这个名，谈谈这些农村孩子的情况。

农村空了。农村里除了老弱病残及还未到学龄的儿童以外，青壮年都到城里去打工了，当然包括那些女孩子。譬如我的家乡，全村原来1700多人，现在仅剩下不到300个老弱病残在留守。偌大的一个村子，空荡荡的，连一个女孩都没有，“月季”还留在这里干什么呢？农村的女孩子是最喜欢结伴的，女伴们都进城了，“月季”当然也进城了。进城做什么？当然是打工，到餐厅当服务员，当保姆，更多的是进了劳动密集型的工厂。这些孩子，虽然学历低，却大都在世界顶级品牌和高科技行业的产品制造厂工作，像苹果、富士康这样的著名企业办的贴牌工厂。生产世界顶级服装鞋帽，离不开众多繁杂工种。IT 行业虽然称为高科技，也需要很多琐碎的廉价劳工。这些农村孩子经过简单的培训，便可上岗。培训她们的师傅，其实也就是比她们大不了几岁、先进工厂两三年的同乡镇甚至同村的伙伴。这些企业不缺有 MBA 学位的人才，但需要大量的像"月季"一样价廉的劳动力。

你看过喜剧大师卓别林的《摩登时代》吗？劳动密集型的工厂就像卓别林扮演的工人一样，从上班到下班就干着用扳手在流水线上把螺丝拧紧的工作，单调而且时间长，日复一日，月复一月。她们劳动时间也许是 10 小时，也许是 12 小时，也许更长。如果你问她们现在最想干什么，答曰："睡觉。"女孩子是最喜欢结伴逛街购物的。几个伙伴原来商量好本周休息日上街去逛逛玩玩，但到休息日下午三点还在床上睡大觉。困倦啊！逛街玩玩的约会又吹了！

有人说这些企业都是血汗工厂。然而，你是否知道这些"锄禾日当午，汗滴禾下土"的农民兄弟姐妹，假如在村里种地，他们在收割以后盘算一下收入：虽已免除农业税了，但还有种子、化肥农药的费用，平原地区还要机耕费、排灌水电费。除了赚点一日三餐所需以外，所剩已寥寥无几。农民们计算成本的时候从来没有把自己的人工计算在内，假如把这些人工都计入成本，收入可能成了负数，更不如去城里的“血汗工厂”打工。他们能不进城吗？还留在农村干什么？

如今农村里不要说平时冷冷清清，就连春节也不见得热闹。今年春节我回家住了几天，全村除了除夕夜响了大约有半小时的鞭炮声外，便没有什么动静了。年初一在村里走动一下，也很少见到年轻人，据说很多人全家都没有回来过年。

现在全国都在大举推进城市化进程，但这些在城里生活和工作的大多数农民工并没有享受到与城市市民相同的待遇和权利。歧视暂且不说，他们子女的教育、医疗，还有那最困难的住房怎么办？

再有，这些十六七岁的女孩子，她们和月季花一样，保鲜期短，到了婚龄，既没有本钱单身也没有本钱嬉皮。但她们已经过惯了城市生活，也和城里女孩一样，不知道稻子是长在藤上还是树上的，还回农村去干吗？嫁个城里人吧，娶她们的城里人大多也是找不到工作或无房子的，况且生个孩子还是进不了户口的“黑人”，难啊！

她们就像一枝枝切好待栽的月季花枝条，永远是“无根”的！

原载2012年5月30日《南方日报》

中国文学中最可爱的一个女人
——怀想陈芸与沈三白

读到《浮生六记》，认识陈芸与沈三白已是30多年前的事了。

“文革”浩劫后几年，百废俱兴。书店的图书虽不能与今天相比，然一些经典图书已日渐丰隆。那天在书店看到了“寻寻觅觅”的《浮生六记》，早在60年代末就听乡间一位老先生说过此书,故平时特别留意。余虽和三白仁兄“同是天涯沦落人”，少年失学，虽不是“嗜书如命”者，但把读书当作人生一大快事，所以对《浮生六记》，乃念念不忘耳！

记得当年看到此书，未曾详细阅读，已被书中章目吸了眼球:“闺房记乐”、“闲情记趣”、“坎坷记愁”、“浪游记快”……果然是本好书。一气读完了这不到百页的伟大著作。时至今日，余虽不能说是读书万卷，但这本小册子竟是我此生读到的最好的图书之一。

这本《浮生六记》是六卷本。序言中注明“六记”中后“二记”乃为伪作。前四卷读得很细，至于此书写得如何，已有很多大师级的国学家们的点评，余当然不敢再姑妄乱道，我也同意这些大师们的观点。如林语堂的英译本自序中称书中陈芸是中国文学和中国历史上最可爱的女人。她虽非长得最漂亮（她的丈夫没有这样的推崇，甚至说她两齿微露），但谁能否认她是一个可爱的女人呢？沈三白也不曾粉饰芸娘和他自己的缺点，作者自身也表示爱美爱真的精神和那中国文化最具特色的知足常乐、恬淡自适的天性。林先生的女儿林太乙说她父亲的理想女人正是《浮生六记》中的芸娘。林语堂还说，读了沈复的书，使他感到这安乐的奥妙，远超乎尘俗之压迫与人身之苦痛——这安乐，我想，很像一个无罪下狱的人心地之泰然，也就是托尔斯泰在《复活》中所微妙表出的一种，是心灵已战胜肉身了。

还有俞平伯先生对此书的评价："文章事业的圆成本有一个通例，就是'求之不必得，不求自可得'。这个通例，于小品文字创作尤为显明。"他说《浮生六记》这书，说它是信笔写出的固然不像，说它是精心结撰又何以见得。"这总是一半儿做着，一半儿写着的；虽有雕琢一样的完美，却不见一点斧凿痕。犹之佳山佳水，明明是天开的图画，然仿佛处处吻合人工的意匠。……俨如一块纯美的水晶，只见明莹，不见衬露明莹的颜色；只见精微，不见制作精微的痕迹。"曹聚仁说他好几回用《浮生六记》这本书作语文教材，读得很细，曾用它去教美国学生，效果很好。

《浮生六记》的作者沈复，字三白，号梅逸，长洲（今苏州）人，清代文学家（这是后人封给他的头衔）。沈复其人，工诗画散文，但不是传统意义上的中国文人。他一生都没有参加过科举考试，也未曾入过“仕”。他也不是知名的文人墨客，终身游幕、经商、作画，浪迹天涯，常年生活在社会底层。如“坎坷记愁”全文读来哀婉凄凉，可用李易安的“凄凄惨惨戚戚”来形容，催人泪下。文字中所及愁云惨雾，愁眉不展，却没有一个“愁”字。如果说《浮生六记》的“闺房记乐”与“闲情记趣”能给我们对爱情、生命的美好向往，那么“坎坷记愁”这段文字只有悲愤和痛楚。陈芸病重时却不让沈复为其寻医诊治，却说：“知己如君，得婿如此，妾已此生无憾。若布衣暖，菜饭饱，一室雍雍，优游泉石，如沧浪亭、萧爽楼之处境，真成烟火神仙矣！神仙几时才能修到……”我读《浮生六记》不下十遍，每读至此，竟潸然泪下！

至今尚未发现有关沈复生平的文字记载，只能从他所著《浮生六记》中看到他出身于僚幕家庭，曾以卖画维持生计。陈芸死后，沈复肝肠寸断，失魂落魄。历史上悼亡妻的诗词不少，但像沈复的“铺设宛然，而音容已杳……所遗旧服，香泽犹存，不觉心伤泪涌，柔肠寸断”，虽说是“男儿有泪不轻弹”，读到这里，余早已泪眼朦胧了！当陈芸被逐出家门，沈复追随这个中国文学中最可爱的女人却从未后悔，古今有多少文人墨客能够做到？

沈复为了爱，大半生颠沛流离，穷困潦倒。在赴琉球使团僚幕九死一生的旅途中，产生了“浮生若梦”的感慨，挥笔写就《浮生六记》。而这部伟大的作品完成后竟默默无闻半个世纪之久，假如不在苏州的地摊上被慧眼识珠的杨引传发现，交给当时主持上海申报闻尊阁的王韬刊行，这个中国文学中最可爱的女人和奇男子也许就此湮没或还得再推迟“出世”。

《浮生六记》问世以后受到欢迎和追捧，据说到如今已有100多个版本，依然有诸多拥趸。而这本薄薄的小册子，竟然在清代甚至在中国文学史上占据着重要位置。《浮生六记》不过四万余言，能在中国文学史上占有一席之地，真是“室雅何须大，花香不在多”矣！一个自谓“少年失学，稍识之无”，不过记其实情实事而已的作品，“事如春梦了无痕，苟不记之笔墨，未免有幸彼苍之厚”的信笔描述，后人把它誉为文学瑰宝。

在结束这篇读书笔记时余叹曰：“陈芸，陈芸！三白，三白！魂无恙否？”

原载2012年7月12日《梅州日报》

“国戏”麻将

胡适先生称美国的国戏是 baseball（棒球），日本的国戏是角抵，咱中国的国戏是麻将。他曾算过一笔账，麻将打四圈牌用时约两个钟头，当年全国每天至少 100 万桌麻将在打，按每桌只打八圈牌计，得花费 400 万小时，合 16.7 万日！你别以为他愤慨国人虚度光阴、麻将的危害大，非也，胡博士虽不爱上桌参战，但他的兴趣在看，看庄家、对家，看出牌、和牌，看起来通宵达旦。正如坊间一个小故事说的，某君说某某与某某的麻将真“瘾”，一次从晚上打到天亮，问他怎么晓得，他说我都看到天亮嘛，怎么不知！

曾有人说打麻将是没有文化的人干的事，知否？梁启超先生有文化没有？他有句名言：“只有读书可以忘记打牌（麻将）；只有打牌才可忘记读书。”

近现代的文人墨客、社会名流，从慈禧太后到宋美龄，毛泽东和朱德，张恨水和徐志摩，还有梅兰芳、张大千、梁启超、郑孝胥、前清华大学校长梅贻琦，民国名媛陆小曼……虽说不上是麻将桌上的“瘾”君子，但个个都是麻将爱好者。梅校长还为打麻将专门写日记，其统计过：1956—1957 年两年间就打了 85 次麻将。每周一次，赢了 25 次，平 14 次，输了 46 次，一共输了 1650 元。要知道 20 世纪 50 年代的一千多元可不是小数！张恨水先生小说中的主人翁个个都是麻将高手。此君的小说《啼笑因缘》边写边在报上连载，据说一次报馆人来催稿，他正在桌上酣战，没舍得下桌，便右手写稿，左手出牌，搓麻写稿两不误，你没有听过吧？

今年春节前夕，余重游宁波“天一阁”，里面有麻将起源地陈列馆。馆里有几副楹联，道尽这一“国戏”之精妙，这里抄录两副：

其一：

世事沉浮中发白；
人情冷暖马牛风。

其二：

无欲则宁无欲则刚但为怡情寻乐土；
有人思进有人思出何妨冷眼眺围城。

麻将，古代称为马吊，现称为马将，亦称为麻雀牌，源于何时，无需去考，只知此游戏源于古代之博戏，宁波人陈鱼门完成了这种新游戏的整合。“天一阁”乃是国内唯一一家以麻将为主题的陈列馆。现在全国最流行的客家人说的“烂仔和”，乃是港澳地区为学得快并纯以赌博为主，去掉“风头”和梅兰菊竹的“花”，更使麻将很快家喻户晓、老少皆宜。

梁启超先生的人生观是：“劳作、游戏、艺术、学问”。梁先生是大学问家，余当然不敢以此自诩，但其观点，我则举双手赞成。年近古稀，自叹此生没有多大能耐，但“游戏”这一幕倒也演得十分生动精彩。打麻将从来不用看，144 张牌一摸便知是什么。扑克、象棋、军棋、跳棋、算盘棋、屎缸棋、剪刀石头布……精臭且勿论，但无一不晓，样样皆能。20 世纪 50 年代，余刚 10 岁，已便晓得中发白、碰碰和、清一色，三缺一时，常被大人叫去凑数。后来因为搞公社化，饿肚子比筑方城更重要，加上“文革”斩尽杀绝麻将牌这一类“封资修”娱乐，打麻将也就和读书一样中断了十几年。

1976 年我离家来到梅县的西阳，白天为了生计要干活挣钞票，但晚上几乎都和几个朋友打麻将。说来也好玩，那时我们的赌资仅是用纸板剪的，圆圈写上 500 子，方板写上 100 子，火柴棍代表 1 子，无论输赢，结束后均一笑了之，绝不赌钱，常常玩到鸡啼三遍睡五更。正是：“竹墅投闲岂以技高决赢输；方城逐鹿怎能气短论英雄！”

1978 年混进了梅城，租住三板桥刘屋，那时尚没有麻将出售。我便把塑料军棋子反过来，凭画画的“天资”，用红绿油漆画了一副麻将和几个朋友玩了起来。不仅教会一大帮“徒弟”，也教会了老婆、孩子和左邻右舍。那时节，每天晚饭后便准时“上班”，周六有时战到天亮，也从来没有人倡言赌钱。

以后近20年，外出经商踏遍青山，漫游全国。看到全国“十亿人民九亿‘赌’（打麻将），还有一亿去跳舞”之后，再回到故乡，雀友牌友叙旧筑方城，如无些许银子下注，竟然没有人愿意和你玩了！

呜呼！可爱的麻将，妙哉。

原载2012年7月19日《南方日报》

流逝的“不亦乐乎”

《论语》一开始便说“学而时习之，不亦乐乎”，清儒陈澧老先生便读出孔圣人的意旨，即“为学应是一片欢喜境界”。学习如此，生活亦然，没有兴趣，怎能快活？

而今中国的儿童，每天“起五更，睡半夜”，据说是中国睡眠最少之人群。老师上课时拼命灌，下课后大量作业，学习成了“不亦恼乎”的事儿。可怜的孩子们！

我每天上午 11 点多和下午 5 时许都要路过一个小学的大门口，学校门口车水马龙，小轿车、摩托车、三轮车、自行车，大车小车早就堵塞在校门口，等接宝贝们回家。吃好穿好一切为了孩子，“加倍呵护”！孩子们回到家里，家长说出的话都千篇一律：“赶快做作业”。

如今，科技越来越发达，稍微富有人家，孩子们尚未来到人间，便接受什么“胎教”。待他们呱呱来到人间的时候，做父母的企盼儿女们将来出人头地，孩子们从四五岁开始，家长便送他们到学前班接受与他们年龄毫不相称的知识。所谓“为了孩子们不输在起跑线上”，就闹出许多畸形的事体来。著名作家贾平凹先生在一篇文章里说，有人以教孩子们背唐诗为荣，家有客人来，便呼出小儿，一首一首闭着眼睛往下背。但他从来没有见过小时能背十首唐诗的“神童”长大以后成为大有作为的人。他还说，社会是各色人等组成的，是什么神就归什么位。而硬是河水不让流，装在圆盆里让成圆，盛在方缸里让成方，没有不徒劳的。如果我们这世界人人都是撒切尔夫人，人人都是艺术家，这个世界多么可怕！有报道说，许多发达国家禁止所有的学前教育，让孩子的童年能有童年的天真和快乐。我们中国是怎么了？

我这代人生于旧社会，入学时是50年代初，我的故乡是连市级地图上都找不到的穷乡僻壤。当然我们小时候的玩具无法和现在孩子们的相提并论，吃穿更没有今天这些孩子们的“光鲜”，记得我好像是六七岁才穿上鞋子。但我们的玩和欢乐要比今天这些“金童玉女”好得多。我们小时候没有如今孩子们那些玩具和电视、电脑，但大人有时会给我们做个木头小手枪，我们成天和村里小伙伴们活蹦乱跳，捉特务、捉迷藏、跳格子，有时还会帮大人做些力所能及的家务，比如摘豆角、拔草、放牛等农活。到该上学了，一本语文书，一本算术书，两本练习本，其余便没有了。我们村里小学没四年级，四年级设在镇上中心小学，十里路以内的儿童每天走读，一天往来两次。我家离学校有20里路，寄宿学校。每周六下午回家挑来一周米菜，大概和今年春节前央视播出的贵州某地山区孩子们一样。那时候，我们虽然没有如今孩子们“幸福”，没有家长们的“加倍呵护”，吃穿也和现在的孩子差得太远了，但没有那么大的学习压力，每天上完课，做完很少的作业，其余的时间就是嬉戏，我们快活，天天“不亦乐乎”！与现在这些“学习机器人”般的小朋友比起来，生活虽然艰苦，吃饭只讲能填饱肚子，也不讲究什么营养，但我们快乐多了，幸福多了。

看看如今的孩子们，整个学期里每天“起五更，睡半夜”且不说，就连暑假和寒假，孩子们都得上这个补习班那个培训课，家长们还是那句话：“我们不能让孩子输在起跑线上！”家长们也是出于无奈，因为如今就业形势越来越严峻，竞争越来越激烈。

著名哲学家熊十力先生对中国“为学未有欢喜境界”异常厌恶，教育体制如此，孩子们怎样才能找回“不亦乐乎”呢？

正值暑假，愿孩子们在假期里少些补习培训，多些无忧无虑的欢乐时光。

原载 2012 年 7 月 30 日《人民日报》

吃的怀想曲

食之道，历来鸿儒硕学几不著墨。想来是饱学之士，穷经皓首，无暇及之。大学者陈寅恪在即将离开美国麻省之际，给好友赵元任写信，说他对美国无任何留恋，唯一使他眷恋的竟是波士顿中国饭馆“醉香楼”之龙虾耳！

陈寅恪当然未见有论食书著，因眷恋“醉香楼”龙虾亦不忘告诉老友。员外雅士林泉优游之余，盍涉食谈？而元倪瓒有《云林堂饮食制度集》，清代大才子袁枚则著有《随园食单》。近代唐鲁孙，年轻时未曾见有著述，老来却著书立说专门谈吃！一下笔竟让人叹服其人生之灿烂，天下见闻，洋洋洒洒，宫廷佳肴及至僻巷小吃，说来如数家珍，允为当代一绝。还有，“垒起七星灶，铜壶煮三江，摆开八仙桌，招待十六方……”这家喻户晓的现代革命京剧《沙家浜》中阿庆嫂最经典的唱词，谁写的？著名作家汪曾祺，他的文章中也经常写到吃：《故乡的食物》《五味》《宋朝人的吃喝》《食豆饮水斋闲笔》……都是美文妙笔。据说汪先生不但懂吃，而且还是做菜的好手，一帮文人墨客就经常到他家蹭饭，人称其为“生活家”。从古至今，写吃的文人和文章太多了！

余何人也？生不逢时。1959 年到 1961 年大饥荒时节，刚好是十二三岁长身体的时候，粮食和物资全都被 1958 年的“牛皮”吹掉了，公社里的食堂从大锅饭吃到每顿 8 钱（约 25 克）米！差点被饿死！上初中时母亲把全家的米省给我每顿凑足 2 小两（约 62.5 克），每周还给我炒大约 1 斤米皮糠，用破衫袖筒改缝成的口袋盛装，这糠还得节省着吃六日，每晚两节自修课下课后睡觉前用一口温开水送半汤匙糠，吃几口才能入睡！炒糠多吃了不但一周有两天断“粮”，还拉不出屎来，拉不出屎来只得用手指去抠（这是书上说旧社会才有的事儿）！唉呀，饿怕了！所以，从此想到我今生今世以“食”为第一要务，我的“食”竟然也符合中华民族“食为天”之传统！

回首当年这些吃食，莫非眼下过得荒疏？非也！

中国过去乃穷国，中国之吃，总带儿分穷困气。寒荒时节，遥想热灶饭香；日日黍蔬荒口，苦盼节日大啖鱼肉。穷时吃之殷殷意象常萦于心中也。

再叹余这一生被人冠以好多“头衔”，有褒有贬，然我均坦然视之，嘴长在人家脑袋上，他爱怎么说就怎么说。只要他不伤我的“筋骨”和“皮肉”，只要不是“恶毒攻击”或“故意诽谤”，一概付之一笑！“天要下雨，娘要嫁人”！

我被冠以的头衔中，有一“实职”和一“虚衔”。实职者，乃是 20 世纪 80 年代末通过真刀实枪考取的特一级糕点师。1984 年为了生计，办了糕点厂，做糕点、做面包、做月饼。明白自己没有技术，将授人以柄，不得不学点技术，考职称，那时的职称是国家劳动部授予的。这一职称，使我在这一行业做了整整25年月饼，把可爱的“青春”献给了“伟大”的月饼！

最使我欣慰和喜欢的，还是我的另一“虚衔”。这一虚衔，乃是“美食家”也！这一头衔相信好多人都曾“荣膺”过。但我荣获这一头衔，自认乃名副其实。而其他好多人荣获这一头衔，我以为至少99%以上的人名不副实，为什么？真正的美食家并非光会“食”，最主要的是还会“做”，尤其是会“做”，才是可以被冠为美食家头衔最至关的“要件”。不然，这美食家是名不副实的！还有，光会做的人，比如厨师，他只能被称为“×级厨师”，而就不能被称为美食家了。所以，“荣膺”美食家称号的不仅要会“食”，而且要会“做”，这才是真正的美食家！

我修练这一功夫始于20世纪的60年代末，风风雨雨已过了半个世纪。那时节，物资匮乏。大饥荒过去以后，刘少奇“三自一包”了，生活稍有好转，但更厉害的“文革”又来了！然那时我已学会了油漆雕花画油画。因为哥哥是右派，我被排斥在政治活动之外。每天沿小路，进深山，僻静安全。躲在山里乡间给人家“油眠床画花彩色”。不但躲开了那场“疯狂”的运动，还有一笔可观的银子收入。

那时节，自视前途渺茫，每天在干完活之后，就是“醉里且贪欢笑，要愁那得功夫”！挣来的钱，除了买原料买工分之外，全部买“米香酒”、买肉进行“三光”大吉！我一年仅有两三个月在家，大部分时间去外县外乡外村给人画眠床搞副业。白天工作，晚上没有活动又少有书看，有大量的时间，加上多少有点银钱，虽然那时物资少点，但老百姓的钱更少，家里饲养少量的六畜拿来换钱买油盐酱醋，使得我的钞票有了去处。从那时起，我已不会饿肚子了。买来人家的鸡鹅狗鸭兔，每每亲自下厨烹饪，研究各类食法，在那穷困的时候，过得不亦乐乎！这也为日后赢得“美食家”名号埋下伏笔。

老来怀旧，然怀旧本来首先怀的应该是年轻时的初恋，怀念年轻时对你钟情无限的女友。但当年年轻时正是饿肚子时节，努力学习毛主席著作，青年人谈恋爱前需要先念一遍毛泽东语录，当然不会有那男女间苟且之事！故如今怀念最多的还是那时吃食。那时节常常饿着肚子和一帮伙伴们畅谈如何吃食，但家住穷乡僻壤，哪有这么多好吃的东西？谈得最多的当然是想吃一顿肉和饱饭，哪怕当时立刻被撑死。唉！闭目怀想当年此情此景，感怀不已。

原载2012年8月23日《梅州日报》

怀念古典

一

兼葭苍苍，白露为霜。

呦呦鹿鸣，食野之苹。

关关雎鸠，在河之洲。

啊！

温习一下这信手撷来的《诗经》中美丽的句子吧，童年时代的风景，一幕幕在我脑中掠过。如果海德格尔的“诗意栖居”能成立的话，人与自然，是最相爱的蜜月时代。

人行明镜中，鸟度屏风里。

皎洁的月夜，寂静的山林。

明月松间照，清泉石上流。

那时节：

长安一片月，万户捣衣声。

谢公宿处今尚在，渌水荡漾清猿啼。

在那样春光明媚的户外！
秀丽的江河山川：

朝饮木兰之坠露，夕餐秋菊之落英。

徘徊于桂椒之间，翱翔于激水之上。

西塞山前白鹭飞，桃花流水鳜鱼肥。

落霞与孤鹜齐飞，秋水共长天一色。

水光山色与人亲，说不尽，无限好！

二

当我还陶醉在这诗情画意中时，电视播音员带着沉重口气说，现在世界上，每分钟有一种植物在灭绝，每天至少有一种动物在消亡。她还说，最近，这一片森林将被砍伐，那一条古街将被铲平。这时候，我除了对美的感动以外，心里早已一丝冰凉，伴随着声声哭泣和战栗。因为我知道，从此这最纯真的童年风景，已渐渐挥兹远去。西塞山前的白鹭，已成了永诀；桃花江上的鳜鱼，也已成了告别。我不知道，还和我一起陶醉在落霞与孤鹜的人们，为什么依然还在眷恋着：

秋水共长天一色。

沧海月明珠有泪啊！

三

经济在飞速发展，世界更加繁荣。又一栋摩天大厦拔地而起。

溪云初起日沉阁，山雨欲来风满楼。

不是吗？白鹭和鳜鱼，早就没了踪影；鸟族中最喜欢与人为邻的燕子，也已无梁可依、无檐可栖。因为人类发明了农药，无须它们去吃那害人的虫子。人类已经不喜欢它们绕梁穿栋、登堂入室，它们只得改变千万年来的遗传，到雨雪中风餐露宿。我真不敢想象，什么时候，我们的地球家园，只剩下人类。那时候，地球将会怎样。我想，假如人类不善待自然，大自然将会对人类严厉惩罚。

原载 2012 年 10 月 3 日《梅州日报》

程　伯
——死尤生乎

1 月 25 日，我正在画院和央视书画院的两位著名画家举行 2013 年“迎春笔会”，手机传来市文联肖伟承主席发来的一条短信，说程伯已驾鹤西去，无法应邀前来参加笔会。

这噩耗来得太快了，记得两天前我还拿着一本由我主编的《中国楹联集成·梅州卷》前去黄塘医院看他。一位院长朋友告诉我，看来程伯这次难过年关了。我到病房后，几个陪护他的亲友大声问他：“你看谁来了？你看谁来了？”他艰难地睁开双眼，以极微弱的声音立即反应：“陈平！”我想，我和程伯并非至腹之交，但在病魔缠身时刻，他竟然还记得我这一介布衣、一个文学爱好者。我心里默默为他祈祷，愿他这次也能战胜病魔，活下去。不料阎君终于没有放过他，将他勾去！

想想两天前他乃是一个人，而今已为“鬼”也，呜呼！“龙蛇运厄，斯疾斯人，万口皆为天下惜！”然公已成仙，我想他的离去，当然是文学界一失。而他这一生最难舍难分的是文学、尤其是客家文学，但“麟凤道穷，一生一死，百昔莫赎古今哀”矣！

程伯虽未能称作文学泰斗，但他这一生著作颇丰，其数量之多可谓是客家第一人。尤其是坐在轮椅上时，还时刻惦念着文学啊！

回首初识程伯，乃是文学。那是70年代末，“文革”刚刚结束，我看他的文章，看他的小说。认识他人的时候，是1984年，我已“误入商门”。因为我是梅州第一个吃螃蟹者，一开始经商办厂便是雇了40多人的个体户（那时还不敢叫私营企业），当时的地委书记李庆芬、行署专员李国瑶，亲自前来剪彩祝贺。1987年，梅县行署地改市，我成了梅州市非公有制代表人物，当选为梅州唯一的省工商联常委、政协委员。1988年新建成七层的“芸香楼”时，市委、市政府等五套班子“一把手”均前来剪彩祝贺。那时节，在梅州，我是“天下谁人不识君”啊！也是那时节，程伯主持广东文学院，主编《风流人物》，说要为我写个长篇报告文学。也是1988年，我为了成立“梅州市民间企业家公会”（即后来的民间商会），和市委统战部、工商联领导一起到七县一区游说企业家们参加公会，那可不是现在那么容易之事，磨破嘴皮，才集得80余人。

1989年元宵节，为了扩大民营企业影响，成立企业家公会，我几乎把当年中央电视台“春晚”三分之二的大腕请来梅州开“企业家之春”晚会。由当年春晚的总导演袁德旺带队，“国嘴”赵忠祥、“省嘴”侯玉婷、著名电影演员方舒主持；著名歌星程志、殷秀梅、王虹、左纯、于佳易，演员游本昌，京剧名旦杨春霞，相声演员侯耀文、石富宽、笑林、师胜杰，还有当红台湾歌星万沙浪参加。连小品大腕陈佩斯，老婆要临产了还想来加盟，后来迫于老婆写了遗书，无奈遗憾退出。赵忠祥说，这次光国家一级演员就十七个，还带来了央视电声乐队。影视明星阵容可谓空前绝后。但是，过后不久，“六四”风波把我们这些风光一时的“企业家”们击得灰头土脸，那时节，住在我酒店的港澳台侨客全都跑光了。人去楼空，生意一落千丈！唯独那时程伯还住在我酒店三楼，说还要为我写那报告文学，我对程伯说:“算了吧，什么时候再把我抓去戴帽子游街或拿枪‘嘣’了，说不定还要把你拉去陪‘杀’场！”“文革”时候的亲眼目睹，那时尚还记忆犹新。程伯看我决意谢绝，只得作罢，这就是当年的我和程伯。

2008 年，我退出商场，无意中想学那《浮生六记》作者沈三白，在“事如春梦了无痕”中摆弄起文学来。正如俞平伯先生说的 :“文章事业的圆成本有一个通例，就是‘求之不必得，不求可自得’。这个通例，于小品文字创作尤为明显。”正如这一通例，我又无意中得了个全国散文一等奖。并学起人家，搜肠刮肚出了一本诗文小册子，就想起该去看看老友程伯。没想到当年这个身材虽不算魁梧但却很健壮的汉子，而今却要靠轮椅生活了。程伯识我，只知我是个地道商人，此后每次去看他，他都要拿着我在报章发表的散文随笔叫人读给他听。获得他的惊奇、他的赞许，他赠书给我，题曰 :“文坛上出了一匹悍马，大有后来居上之势！”我怀念程老先生，有道是中国“文人相轻”，然程老先生却虚怀若谷，他从未以什么“文豪”自居，他在文学上的大度，可说是“海纳百川”。“程伯”这个称呼，是我们所有文学爱好者对他的尊称，然道德文章，负时重望。

1月22日上午，我去看程伯时，他艰难睁开双眼，虽已听不到声音，只能从他嘴唇的发音形态看他叫我“陈平”。此时，我已梦魂萦绕。为此，在他灵堂前，为他识我、记得我，特意为他多叩了三个头。

我哭程伯：“人而鬼也，神仙·老虎·狗”；并告诉他在天之灵：“死尤生乎，文学·客家·禅”！

附注：

“人而鬼也，神仙·老虎·狗；死尤生乎，文学·客家·禅。”

这是作者为梅州著名作家程贤章先生逝世时题撰的挽联。上联的“神仙·老虎·狗”是程贤章的小说，下联的“文学·客家·禅”则出自他的报告文学《客家文学·禅》。为撰联符合合联律词性平仄，故调整为“文学·客家·禅”。

原载2013年3月14日《梅州日报》

但愿“常识”别“常失”

我是个业余作者，一直把写文章当作休闲娱乐。但每写一字总感到有常识之疑，几百字的小稿，就像安放了几百颗炸弹和地雷似的，什么时候“炸”响还真不知道，连用个标点符号都会战战兢兢。文章写多了，怎么会不出一点问题？俗语云：“旁观者清”，别人一瞧就看出来了，“常识”变为“常失”，实在烦恼！

《辞海》释“常识”乃“普通、平常”之意。真的很多事情和知识是极为普通、平常的。但俗话说“隔行如隔山”，就如现在电视机数字化了，我都不会摆弄。我的手机也一样，那么多功能只会接听、拨出、储存电话和接发短信，其他功能觉得没必要学会，所以一概不会。今年年初我用的手机还是2005年买的，后来女儿给我买了个新手机，晚上睡觉怕有骚扰电话，所以要关机，但最初无论怎么揿都关不上机，不得已只得用最笨的办法——把电池取了，惹得好多人取笑我“笨蛋”。

上个月的一天，我房间的电视机开机后图像不会动，折腾了老半天无论按哪个键都不会动，只得打电话给电视台请师傅解决，师傅上门来不到五秒钟就搞掂。原来机顶盒我从来没关过，这一段时间因为忙，没有看电视也就没有开过机，所以出了如此简单的常识“故障”。

平时很少看电视，更不爱看电视剧和什么歌唱比赛等。早几年有一天晚上打开电视机，中央台正好播放青年歌手大赛，电视里正好是一个漂亮的女歌手唱完歌后的综合文化考核。偶尔望一下电视，这位歌手虽不是什么大牌，但据介绍，也还算是小有名气吧。可她的文化知识却确实错得离谱，她选中的题目是一个成语答题，主持人打开信封里的题目，问她“一日不见”的下句是什么。她毫不犹豫答曰：“我很想你。”观众席上一阵爆笑，我也拿着手中的笔站着跟着傻笑，在这位可爱的漂亮歌手有趣的回答吸引下看起比赛来。过后认真思考，觉得这歌手并没有什么可笑的地方，歌手们天天哆来咪发唆，把“如隔三秋”答成“我很想你”也就不足为怪了。

那天我在这个“我很想你”的歌手吸引下接着看这青年歌手大赛。大赛文化评委是堂堂的学者余秋雨先生，他竟也闹了个不算小的笑话。一位歌手的选中答题是什么叫“致仕”？这道题对于歌手来说是有点冷僻，他答不出来，站在那里很难为情，余先生代他“答”了。这余先生竟然说“致仕”是“升官”的意思，当时在场的有部分人笑出声来，我也因余先生的“解释”跟着电视里的笑声微笑。要知道，文化略高的人，都知道“致仕”古时谓“交还官职”或“辞官归居”的意思，按今天的说法，“致仕”应该是“退休”。余先生望文生义，把“致仕”

说成是“升官”。更可笑的是，当时有人指出其解释谬误，他还不承认！这就大错特错了。

我以为，在常识面前，人人都得谦虚谨慎。别人出了常识问题时，不要以为自己博学多才，嘲讽别人。如果你明天的“炸弹”炸了，或踩了“地雷”，出了常识谬误，只有老实认错才对。对待常识，真的应“如履薄冰”啊！

原载 2013 年 4 月 6 日《梅州日报》

国学大师的高考“怪题”

孙行者（对下联）

这是1932年清华大学入学考试，清华国学研究院“四大导师”之一陈寅恪为国文系考试出的一条“对对子”的题目，结果有一半以上的学生交了白卷。事后有人说陈寅恪食古不化，出“怪题”刁难学生。陈寅恪却不以为然，撰文回应：对联是各种文学形式中字数最少，但却是最富中国文学特色的。因对联寥寥数语最容易测验学生对中文的理解。如对子中的几个字却包含了对词性、平仄虚实的运用。对对子不但可以考察学生读书之多少和语言之贫富，还可考核学生的思想条理。如出的上联“孙行者”，下联标准对句应该是“胡适之”。此联乃化用了苏东坡《赠虔州术士谢（晋臣）君七律》诗句：“前生恐是卢行者，后学过呼韩退之”。“韩卢”为犬名，“行”与“退”皆为进退动词，“者”与“之”是虚词。苏轼此诗中之对联可称为中国对仗文学之典范。此题上下联的“胡”（猢）“孙”（狲）是猿猴，而“行”与“适”都是动词，“者”与“之”为虚词，词性、平仄、音韵皆对仗工稳，怎么是怪题呢？

原载2013年4月20日《梅州日报》

没落的春联文化

春联是中华民族的“国粹”，是对联中使用最广泛的一个种类。每到春节，无论达官显贵、子民百姓家家户户都要贴春联。自古以来，如果是稍有文化的人或大户人家，春联大多是自撰自写。如果家里没有文化人，那就会请村里或街坊邻里的“先生”代为撰写。春联内容亦往往是这一家人过去一年的总结和对新的一年的祈望，或者把家事、国事、天下事融合在一起，写进对联里。有关春联的故事可以车载斗量，不但家家户户的春联内容各异，各行各业也会撰写不同内容的春联。如旧时理发店的春联是“新事业从头做起；旧世界一手推平”。药店的对联是“但愿世间人无病；何妨柜上药生尘”。这些春联反映了多么确切的理念和亲切的情感。又如饭馆联：“辛苦盘中餐，粒粒弃它可惜；香甜杯中物，人人酌量而斟。”劝诫人们节约粮食不要酗酒浪费。又如茶馆联：“翠叶烟腾冰碗碧；绿芽光明玉瓯青。”这些联语，文字通俗易懂，但不失高雅，读来心旷神怡。所以，以前品评欣赏街坊邻里的春联乃是文化人的一种乐事。

改革开放以来，对联文化是复兴了。春节时家家户户、各行各业的大门小门上都贴着金碧辉煌的金字对联。可惜大都是印刷品，虽有少数书写的，但内容贫乏，千篇一律，一是发财，二是纳福。发财和纳福的愿望当然都没有错，但很多春联既不讲究词性、对偶和对仗，也不分平仄。正如“鬼才”作家魏明伦说，如今的春联都是顺口溜，有的甚至连顺口溜都做不到，读都读不下去，更有驴唇不对马嘴的“恶心联”“阴毒联”。如某报去年报道过杭州一家医院贴着“生意兴隆通四海；财源茂盛达三江”。今年又有报道说湖南浏阳某医院也贴这种对联。医院怎能贴这种对联呢？你想“生意兴隆”“财源茂盛”，医院、药店就是希望天下人都生病，那就财源广进了！所以医院贴这种春联，是很缺德的！不知贴此联者是有意还是无意的。悲哀！

还有现在经常看到一些诊所、药店开张，贺喜的人送的花篮一排排一堆堆，上面一概写着“生意兴隆”“开张大吉”。这种花篮、这种贺词送者又怎么敢送？收者怎么也敢收？你不想想：药店“开张大吉”，那你药店又是希望大家都生病，你就“生意兴隆”了。据说这种春联和贺词引发不少网友的咒骂和“扔砖头”。再比较一下以前药店医院的“但愿世间人无病；何妨柜上药生尘”的对联，且莫说那时医院、药店主道德如何等高尚！如今医院、药店贴如此春联和开张送它“生意兴隆”“开业大吉”，不但是医药行业道德沉沦的写照，还有那春联文化没落，那就不足为怪了！

再看如今的酒楼饭馆，每天浪费了多少粮食和酒肉佳肴。“辛苦盘中餐，粒粒弃它可惜；香甜杯中物，人人酌量而斟”这种联语都没有了，又有谁还为倒在泔水桶中的美味佳肴可惜呢！

原载 2013 年 5 月 2 日《梅州日报》

“细节”的影响力

前几天，偶然看到一篇《每个人都有影响力》的杂文，说得很有道理。

文章说，她的一位朋友从沿海到内地投资，考察 A 城和 B 城的投资环境。在 A 城，他坐在街头让人擦皮鞋，擦皮鞋的大婶一个动作，让他对 A 城失去信心：那大婶擦皮鞋时把他的一只鞋带解下来，等鞋擦好后他付了钱才给他系上鞋带。这一动作让他悟出，这个城市市民的文明素养尚有不少不尽如人意之处，一定是有人擦好皮鞋后没付钱便跑掉了。在考察 B 城时，他共坐了五次出租车，下车前，这五位出租车司机都会提醒他，请他带好随身物品。最终，他把投资落在 B 城，B 城因他的企业有了五千人上岗就业，税务部门每年也因此收到上亿元税利。这就是一个擦鞋大婶和几个出租车司机的影响力！

还有，有个朋友说她的儿子饭前便后洗手都很认真，有时时间紧，她试图和她儿子商量，能不能稍微快点、马虎点行不行。但她儿子果断地摇头，说这不行，这是他从幼儿园就养成的习惯。

这是幼儿园老师的影响力。尤其是孩子的老师，足以影响他一生的行为习惯。据说教美术的启蒙老师,会对他的学生——未来的画家日后的作品产生持久影响。

一个城市的细节,往往会影响到整个城市的经济和文化。我曾在全国许多大中小城市跑了许多年,印象最深刻的是江苏的一些国家级卫生城市,比如常熟和张家港,20 世纪 90 年代末那里就已经是国家级卫生城市了。那时我经常往来于这几个城市,在车里吃水果,果皮纸屑总会“心甘情愿”地装在塑料袋里,自动自觉地留在车里,在停车时丢入垃圾桶。因为这些城市的干净程度让你不忍心去弄脏它们!

至于当年这些城市在创建卫生城市时,有没有到处挂着横幅,有没有写上诸如“××是我家,创卫靠大家”等口号,在卫生检查团来时有无工商、公安、城管齐出动来监管,尚不得而知。但至少我每次从那些城市经过时,都觉得它们很安静、干净,这些卫生城市确实是名副其实的。

在许多城市,无论平时或逢年过节,出租车都一样价格,三轮车也不会因过年过节乱涨价。这几年我发现我住的小城逢年过节出租车便不打表,价格比平时要贵一倍以上,三轮车价钱也涨了不少,这恐怕不是我们这一个城市独有的吧?这些地方出租车很便宜,出租车司机和踏三轮车的师傅们也很辛苦,人家节日放假休息,他还在工作,确实也不容易。但是逢年过节出租车不打表、涨价,恐怕对一个城市的负面形象影响会很大,这点儿多收的钱也会得不偿失,整个城市的形象在人们心目中会大打折扣。还有，我在一些城市的景点散步，看到一些供游人歇脚的石凳子缺胳膊少腿的，心里很不是滋味。这些细节在一定意义上都反映了一个城市的文明程度和管理水平。

有一句俗语："不要一粒老鼠屎坏了一锅粥。"如果我们每个人的文明素养都不断提高，我们生活的地方在他人心目中也就有个美好的整体形象。

原载 2013 年 8 月 19 日《人民日报》

重游溪口

浙江奉化的溪口，山清水秀，风光宜人，是一代历史人物蒋介石的家乡。十多年前，由于经商客居杭州近十年，曾两次到这里游玩。回来之后写了篇小文章《二游溪口》，结集在前一本集子里。最近受徒弟之邀，去宁波度假，又到溪口游了一趟。

这次去溪口，已是第三次了。到溪口游玩，最重要的当然是看看这里的蒋氏故居丰镐房、文昌阁、泰丰盐铺及蒋家小洋楼。前两次去溪口，走马观花，只把这些地方粗略看了一下，没有什么印象。那时候，虽然已经改革开放了，但两岸关系还是有点紧张。由于毛泽东在新中国成立初期便下令加以保护蒋氏故居，另外当地人们敬仰蒋氏，因此，新中国成立至今，蒋氏所有故居和这里的文物均未受到任何破坏。这次重游溪口，由于时间充裕，除了重新详细观赏了蒋氏故居丰镐房、文昌阁、老盐铺和蒋家小洋楼以外，还参观了人们所说的蒋家风水宝地，即蒋介石之母王采玉的陵园。

前两次来看蒋氏故居，尚无需门票。所以，这些地方除了有名称之外，里面并无任何图片说明和介绍。今天，由于旅游的开发，里面全部有了图片和文字说明。这些地方，这次我不但看得很仔细，也看得很认真，甚至在蒋氏故居和自称是蒋家“第三代传人”的蒋孝宝合影留念。这蒋孝宝先生还送给我一张印有他的大名和蒋家“第三代传人”的名片。这位“传人”蒋孝宝先生且不管他是真是假，但倒还有几分像老蒋中正先生。蒋孝宝约有一米八的个头，穿着一件黑灰色的长袍，拄着手杖，站在门口，如有游客进门，他会走上前来与你握手寒暄，操着一口听不太懂的宁波奉化腔，说要与你合影留念。我徒弟媳妇说：“师傅你也和他来两张吧！”拍完照，他伸出两个手指头，索要二十元钱。好家伙，我以为是免费的呢！原来这“第三代传人”用他祖宗的名气在挣钞票，他的生财之道太妙了！后来，那位守口如瓶的门卫和我说，这里的特型演员有三个，专门站在这里赚这种钱，这个是最不像的。而游客们也乐得和“老蒋先生”合影留念，不会在乎这十元二十元钱，更不会为这点小钱而扫了游玩的兴。真是“天生我材必有用”矣！

前两次来溪口，当然也主要是冲着蒋家父子来的，其次才是溪口秀丽的风光。这次来溪口之前，曾在首都机场书店买了一本《八年抗战中的国民党军队》，该书的作者何桂宏 1993 年毕业于南京师范大学，现在是扬州大学副教授。这本书封面设计很别致，特别写明这本书讲述了 1937 年到 1945 年国民党军队在抗战中的一些重要战役，如淞沪保卫战、南京保卫战、徐州会战等一系列的重大战役，和蒋介石铁心保卫武汉等纪实场面。国民党军队在这些战役中的表现可歌可泣！

改革开放初期（70 年代末），我曾买过一部六卷本的小说《金陵春梦》。这部小说把一个历史人物—— 一代枭雄蒋介石，写成是地痞流氓“郑三发子”。今天，看了蒋家历史才得到比较全面真实的了解。还有，我们从小就三番五次地看过的电影《地道战》《地雷战》和《平原游击队》等，以及我们从小学到中学所读的教科书上，都是国民党军队受蒋介石不抵抗的命令而“不抗日”，这些印象都已深深地在我们脑海中打上烙印。如今，这些历史事实正逐渐还原其真实的面目。

以前，我们所知道的蒋介石在抗战中对日本采取不抵抗政策，现在终于明白了其中的一些事实。这本书中说，根据国民政府统计，国民党军队在八年抗战中阵亡的有 1328501 人（其中上将 8 人，中将 49 人，少将 69 名，校尉军官 1.7 万多人），负伤 1769299 人，失踪 130126 人，因病消耗 937559 人（其中死亡 422479 人，致残 191644 人，逃亡 323436 人），共计伤亡 4165485 人。在这事实面前，历史再也不能说国民党军队不抵抗了。

这本书的后记中说，八年抗战，尤其是抗战初期的战略防御阶段，大多数国民党军队将士抗战是英勇的。他们为抗击日寇，为中华民族的生存进行殊死的抵抗，与全国人民一起筑成一道血肉长城，是值得我们永远怀念和尊敬的。

这次重游溪口，认真看了那么多关于蒋家的图片和介绍，终于明白了“郑三发子”的历史真相！

关于老蒋和小蒋的历史真相，不是我们这些人研究的。但是我觉得，无论由谁执政，对于历史都必须尊重史实，绝对不能歪曲历史。

那天下午，我们还去参观了蒋介石的母亲王氏的陵园。据说，蒋介石虽然是一代枭雄，却是个孝子，对其母百依百顺。蒋母陵园离蒋家故居不远，由于保护得很好，这里苍松翠柏，郁郁葱葱，参天的松树林间有一条铺得很好的石路，半山陵园大门写着“蒋母陵园”；再走一段路后还有一亭子，名曰“孝子亭”。据说蒋介石回来扫墓从来不坐轿子上山，都是步行。再往上行，就是蒋母的墓地了，墓碑是孙中山先生题写的。整个陵园、碑林、孝子亭和陵园大门，都是当时的政要和名人题写的挽幛和挽联，李宗仁先生还为陵园大门题撰了两副楹联。人们说蒋母的墓地是块风水宝地，看来，还真没有说错。

这次重游溪口，收获不小，最重要的是看到了历史的真面目。我想，很多游客都会与我有同样的心情。

2013年12月写于梅江南岸

吾老否矣?

昨天偶读黄永玉先生的美文《世界大了，我也老了》，感慨颇深！信笔写下这段文字。

按时髦的说法，黄永玉先生是“九零后”，我是“七零后”，他长我二十岁。黄老说他每天上午写自传书稿，下午画画，三四点钟和好朋友聊天看电视，每逢周末必和好友一起看《非诚勿扰》。看完了，听音乐、逗狗玩，活脱脱的一个老顽童，哪里老了！我也很贪玩，会和同辈小辈们玩玩老K，和朋友熟人“赌”小钞票，但不赌博，玩玩手头运气而已。更喜欢在电脑里玩同城游戏，最高得分曾弄到“御史”，但马失前蹄，一下子又回到“布衣”，重头开始。这种游戏，“官”虽丢了，但不会有任何损失。

黄老说他画每一张画都是带着遗憾完成的。一张画画好了，发现了问题，告诉自己画下张时要注意，但到了下张画完成，又发现有其他的问题，又有其他遗憾。画画一辈子在遗憾中度过，这说明黄老对艺术的追求永无止境，可钦可敬！他说他因为没有受过任何专业训练，画风不会有太多的约束。我和黄老对于画画和写文章的心态多么相似！真的，我画每张画也都会留下一点遗憾，也是明知有错，就是“坚决不改”！关于写文章，心情就不一样了，心情舒畅，但也小心翼翼。黄老怕表叔沈从文，但我没有大文豪表叔。我曾写过一篇小文章《但愿“常识”别“常失”》，说的是我写文章时连用个标点符号都很小心，一篇几百字的小文章就像埋了几百颗地雷似的，什么时候被谁“踩”响了还真不知道。旁观者清，出了常识错误，被人家一眼便看出来。我的文学创作和绘画的心态与黄永玉老前辈是多么近似。

齐白石和黄永玉两位同是出身“鲁班门下”的湘籍画家，都是我敬仰的大师。我也是出身于“鲁班门下”，当然也没有受过任何训练。因为我比他们都小，更因为众所周知的原因，像我们“七零后”这一批人，实际活得比任何年龄段的人更累。人活在世上，最惨的是失去“自由”，更不要说活得有“个性”。我想我一辈子和绝大多数同胞一样，幸得靠“假”才活着，才侥幸没有被饿死弄死！我的青少年时期和黄老十分相似：他也在陶瓷厂干过小工，为了生活做木工、木刻。那时候，家乡粤东和福建都很流行漆画家具，想必大师当时也靠干这活过日子了。看来，人活着除了要努力之外，还得需有运气，有千里马还必须有“伯乐”识马！

黄永玉说，“世界大了，我也老了”。他 90，我才 70 呢！我还不老，真的不老。当然，这时候如果是三四十，哪怕 50，当然更好，但那只能想，不能及了。

据说齐白石和黄永玉两位大师很豪爽，但也很“抠门”。白石老人终日把放字画钱和图章的锁匙挂在身上，连自己的老婆都不放心。两位大师都把画价贴在门口，标明画价，不许还价，现金交易，不赊不欠。如果碰到黄永玉心情不好不高兴时，你讨价还价，那就画价加倍才卖给你，哪怕是天王老子。当然，他们是大师级的人物。虽然我们都出身于“鲁班门下”，但我什么时候也能挣到这个份上，是否要到下辈子？但希望总还是有的。

垂垂老矣，反省一下自己的一生：少年时差点被饿死，所以这辈子我最喜欢的是“吃”，年轻时什么都可放过，但吃为第一要务，最终“误入商门”。另外，我这位“杂家”确实也太杂了点，无论干什么都想出人头地，有点太专心了。一生所干的事跨度太大，人生苦短，精力有限，这几年两部客家对联典籍几乎耗尽了我所有的精力，《中国客家对联大典》出书以后，我是该安下心来做好自己的“作业”。把画画好，把自传写好，这就是看了黄老的美文后的感悟。

2014 年端午节晚上写于梅江南岸寓中

客家美食“老鼠粄”

长期在外地漂泊的时候，经常会想起家乡众多的美食，尤其是那些能让你连舌头都一起吞掉的传统小吃。家乡粤东梅州客家地区众多令人吮指的美食中，我觉得最负盛名的应该是“老鼠粄”。

“老鼠粄”是按其条形状来起名的。以前它的粄条形状两头尖，粄是用手工在打了很多洞的木板上擦制而成的，我老家梅州丰顺东北地区又叫“擦子粄”。“老鼠粄”不单街上饮食店有卖，而且是客家地区家喻户晓的节日美食。我小时候，就曾看过母亲大汗淋漓地“擦”这种粄。客家农村以前圩镇上的饮食店，除了卖饭菜以外，“老鼠粄”是他们店中必卖的小食品之一。五分钱一碗的是白粄加点炒制过的冬菜和葱，一角钱一碗的粄上面还加点爆炒得香喷喷的牛肉丁和冬菜，都浇上用几种骨头熬出来的高汤。记得当年，我读小学的潭江圩上好像隍人郑瑠隆潮师傅开的那家店最有名，味道也最好。半个世纪过去了，那汤的鲜味，那爆炒牛肉丁的香味，爆炒冬菜的咸香味儿，至今还留在口齿中！

郑师傅的“老鼠粄”味道好，让我想起了当年我读初中时的中学校长的一个小故事：我们的张校长是一个老实而又很爱面子的文化人，据说当时整个第七区（现在的丰顺潭江、潭山、砂田、小胜四镇全属第七区）就数他的工资最高，每月 90 多元。20 世纪 50 年代，有几人能领到 90 多元？但张校长平时很节约，他最喜欢吃郑师傅的“老鼠粄”，但从来不会吃一毛一碗加牛肉丁的，每次都是五分钱一碗的白粄高汤，而且吃了一半他还会让郑师傅加点汤。张校长来吃粄时每次都从后门进出，静悄悄地躲在角落里享用，生怕碰见学生或同事不好意思。有一次，他又从后门进来小声嘱咐郑师傅来五分钱一碗的“老鼠粄”。那天，不知是郑师傅故意还是无意的，竟像北方饭馆跑堂人一样吆喝起来，一边将白粄端给张校长，一边高声喝道：“好，来啦！张校长老鼠粄一碗五分！”据说当时张校长一听，连付了钱的这碗都不要了，像逃难似的从后门三步二脚跑了出去，从此再也不敢登那郑师傅的店门了。

我这辈子也因为特别好吃“老鼠粄”，曾费了很大的功夫去研究“老鼠粄”的制作技术和配方。20 世纪 90 年代我还到国家商标局成功注册了有关的商标，决计和麦当劳、肯德基一决雌雄。因一个特殊原因，我的“老鼠粄”已“出师未捷身先死”了。但对“老鼠粄”的制作研究竟也有所认识，一是制作“老鼠粄”的大米切忌软性。同时制粄的粄浆一定要熟透为佳，不熟的粄浆做出来的“老鼠粄”粄条粗且没有光泽，而且粘牙。熟透的粄浆做的粄条外观发亮而且带韧性，很有嚼劲。而烫

“老鼠粄”的水一定要清，让“老鼠粄”浮起来时多“滚”二滚。上碗时先将骨头高汤香葱放进碗底再将粄倒入，再把爆炒的牛肉丁和冬菜放在面上，不让久泡。吃时将配料拌一下，牙齿一嚼，香味留在口中，一辈子也不会忘记！比如，我少年时在潭江圩吃到的郑师傅“老鼠粄”面上放的牛肉末子的香味、炒冬菜的香味儿仿佛至今尚还留在口中！

原载 2014 年 6 月 11 日《南方日报》

“尺素”之恋

随着电子时代的到来，书信也离我们日渐远去，但我仍然眷恋着它，眷恋着“尺素”。

书信，古人叫作“尺素”。《辞源》条目：“尺素，生绢。古人写文章或书信用长一尺左右的绢帛，称为尺素。古人云‘鱼传尺素’。出自汉蔡邕《饮马长城窟行》：‘客从远方来，遗我双鲤鱼。呼童烹鲤鱼，中有尺素书。’后来书信被用作尺素代称。”在没有手机和电脑的20世纪90年代以前，写信可是人们的必修课。

“尺素”之恋，有读信之“乐”和等信之“苦”。

读信之“乐”确为人生一大快事，如果这信不用回的话。但写回信，却是你读信要付出的一大代价。至于回信，家书和情信无论如何你都必须回的；如果朋友或一般人之来信，你便不一定回了。但朋友之信，如果你久不回信或屡不回信，那么，你的友情则可暂告中止或日渐疏远。最近，有两个老朋友常给我写信问候或聊聊他们的旧事和一些闲情，而我却用手机发条短信应付了事。我看他们对书信的钟情、尺素之恋，一点也不减当年。他们的尺素情结，使我肃然起敬。

接读来信，使人最难忘的是恋人的情信。当然，这里指的是信中给你带来的欢乐和喜讯，尤其是信中给你寄来的“缕缕情丝”！ 晋代的陆机《文赋》说：“函绵邈于尺素，吐滂沛乎寸心。”这是成语“尺素寸心”之由来。

一代大师胡适先生生前在著书立说之余，不但写他那有名的日记，而且收到来信，务必即复。据说甚至连中学生讨教的来信，都亲自回复。还有梁实秋先生，虽名满天下，但写信给他的人没有一次不是很快便收到他的亲笔回书。难怪这些人能成为一代大师，或许是因为他们为别人想得那么周到，或许也是他们对尺素的恋情。

家书一般是写给父母、兄弟姐妹或妻儿的。假如是战争年代，战火纷飞，家中的家人难得接到一封前方亲人寄来的家书，如杜甫诗曰：“烽火连三月，家书抵万金……”那时侯，假如远离家乡的亲人久未来信，家人会天天盼望着驿使路过家门，年迈的老父或老母会坐在门槛上等着那抵值万金的书信。杜甫的《石壕吏》诗：“一男附书至，二男新战死。存者且偷生……”你想，那时节，家书是何等重要。

《曾国藩家书》可谓是一本家书的典范。“立德立功立言三不朽，为师为将为相一完人”是后人对曾国藩的评价。曾氏是中国近代史上地位显赫且很有争议的人物。蒋介石把曾国藩奉为终生学习的楷模，亲自从《曾国藩家书》中摘出许多语录，背诵感悟。毛泽东也曾说过“愚于近人，独服曾文正”。章太炎先生曾称曾氏为“誉之则为圣相，谳之则为元凶”。但世人仍奉曾氏为“官场楷模”，因为他为官清廉，且精于理财并极善治家。曾国藩一生交友谨慎，知人善用，任人唯贤，礼贤下士，因此，他手下人才云集。曾国藩治家极严，但其对曾家的后代不仅有慈父般的谆谆教诲，还有兄长般的训斥，又有如密友般的在文化修养上的交流。所以，曾氏家族近百年来代代英才辈出，如其后人曾纪泽、曾广均、曾约农、曾宝荪、曾宪植等分别是著名的外交家、诗人、教育家、科学家。《曾国藩家书》被国人认为不单是写给父母兄弟的，也是写给后世人的。

著名的学者、翻译家傅雷一生严于治学，他对于子女的教育也和曾国藩一样，既有慈父般的谆谆教诲，又有如密友般的在文化修养上的交流。他写给儿女们的书信，也很值得一读。

名人的书信，又叫信札。假如保管起来，如今可是价值连城的文物。今年北京嘉德的秋季拍卖，鲁迅《致陶亢德信札》仅 200 余字，竟拍出 655.5 万元的天价；李大钊《致吴若男（章士钊夫人）书札》也拍出 400 多万元；陈独秀的《致陶亢德书札》成交价是 230 万元。这些名人书札从地摊上进入拍卖市场，恐怕是很多人做梦都没有想到的。

我以前读过许多名人的书信集，如《曾国藩家书》《傅雷家书》，还有鲁迅的《两地书》和《鲁迅书信集》《世界名人情书大观》，等等。

情书，恐怕是人们最难忘的。古人的情书多以诗词表达。

讲起古人的情诗,人们就会想起“秋水”“蒹葭”和“春蚕”“蜡炬”，认为“秋水”“蒹葭”是民间的口头创作，“春蚕”“蜡炬”才是典型的文人恋情诗。因为中国古人的婚姻都是“父母之命，媒妁之言”，所以大多人是“先结婚后恋爱”；尤为文人所写的大都是婚后的夫妻之情，如闺怨 、闺情或寄内、悼亡之类，其中闺怨诗最多也是最有代表性的，这里就不说它了。

现在 50 岁以上的人，大都写过情信吧。你还记得吗，当你把写给恋人的信投入邮箱以后，便开始屈指盘算应该收到回信的日子，想着你恋人的信会是怎么写的。尤其是两人刚刚相恋之后的第一封信，是“凶”是“吉”，在未收到回信之前，你会怦然心跳，每天会眼巴巴地等着邮递员到你单位或家门口的时刻。邮递员来了，看看有无你的信。在未收到回信之前，你会估计你的恋人会写哪些词语，那充满着喜悦或忧虑的心情会写在你的脸上。在收到恋人的信后拆信之前，心跳会加快。如果有别人在旁边瞧见你取信时，你不但脸红心跳，还会赶紧将信装进口袋里，因为你在“鱼传尺素”！这种情感，恐怕现在的年轻朋友们是感受不到了。这种尺素之情的等信之“苦”的美妙之处是不能言的。

“尺素”会被湮没吗?

假清官不如真名妓

杭州西湖西泠桥畔，有个六角小亭子，名曰“慕才亭”，相传是苏小小“扶贫”资助过的书生鲍仁所建。亭上挂了十二副楹联，以纪念苏小小。

这里且抄录两副：

千载芳名留古迹；六朝韵事著西泠。

金粉六朝香车何处；才华一代青冢犹存。

苏小小，南齐时钱塘（即杭州）名妓，相传长得眉清目秀，聪慧过人，父亲吟诗诵文，她一学就会。小小长大后，沦落风尘，但心高气傲。

清代的大才子袁枚也是钱塘人，治了一方私章曰“钱塘苏小是乡亲”。某日，当朝尚书过金陵，索袁枚《随园诗话》，袁赠书时一时率意盖上此章。此尚书大加呵责，袁枚初犹逊谢，尚书仍责之不休，袁枚正色曰：“公以为此印不伦耶？在今日观，自然公官一品，苏小贱矣。然恐百年以后，人但知有苏小，不复知有公也。”满座闻之輾然。袁枚还写了一首《题柳如是画像》诗，诗末四句云：

百年此际盍归乎，万论从今都定矣。
可惜尚书寿正长，丹青让于柳枝娘。

这诗中的“尚书”是指东林党魁钱谦益，“柳枝娘”就是他的如夫人柳如是。

柳如是，本姓杨，初名云娟，复姓柳，名隐，又名隐雯，继名是，字如是，又号河东君，浙江嘉兴人。柳如是早年不幸入周道登家习歌舞，身份大抵是周家歌舞之妓。由于其风姿逸丽，聪明伶俐，能歌善舞，得到主人喜爱，也因此为人所妒，几至杀身被转卖入娼门（见陈寅恪《柳如是别传》）。柳如是 14 岁自周家不幸堕入青楼，不得已寄望于结识知音。此后柳氏结识了陈子龙、宋徽壁、宋徵舆等人。先与宋徵舆订情，后因其母不允而持刀怒斫七弦琴，与宋决裂。后而倾情比她年长十岁的陈子龙，两人彼此敬重，许为知音，产生了一段刻骨铭心的爱情。然而陈子龙因受困于家庭关系，柳如是嫁陈子龙化为泡影。后避居横云山，嫁与钱谦益。柳如是不仅才情出众，而且富有豪侠之气和气节，在与陈子龙相恋时，就已留意国事，心怀天下，写下《剑术行》等诗。

顺治二年，清兵南侵，柳如是劝其夫钱谦益殉节，钱谦益惜生，柳欲赴池死，为家人所持。黄毓祺在海上起兵抗清，钱捐出家产，命柳如是易装至海上犒师，不幸遭台风，舟师覆没（见钱文选《柳夫人事略》）。犒师事泄，顺治四年三月，钱谦益遭逮。柳如是上下周旋，救出钱。明代孤节遗民叶绍袁称赞柳为“女流之侠”。以后，柳如是关注复明之事，钱病死后，柳因保护钱家，于康熙三年自杀殉情。

明清时代多奇女子，大多出于青楼。前面所说苏小小，沦落风尘后，心高气傲，常曰：“人之相知，贵乎知心，岂在财貌！”柳如是沦落风尘后，意气铮铮。还有那《桃花扇》的故事，秦淮名妓李香君不为阉党阮大铖所迫，头撞墙而血溅桃花扇，明亡后，“国破家何在？”撕破桃花扇，出家为尼。还有陈圆圆，“前身合是采莲人”，随吴三桂入滇，因劝阻吴氏免于使百姓连年陷于战乱未果，吴氏兵败后病殁，陈圆圆亦投于莲花池自殁。这些名妓，原来都因家贫沦落风尘或少年时被卖入娼门，但人们不会因她们是妓女而不齿，反为她们的才情和气节而尊重她们，有人题诗赞柳如是：“儿女英雄心激烈，肯学尚书甘负国。”大学问家王维国题诗赞柳如是：“莫怪女儿太唐突，蓟门朝士几须眉。”更有堂堂历史学家陈寅恪先生，晚年沥血十载，撰著洋洋80余万言《柳如是别传》，以表彰其“独立之精神，自由之思想”。

反观当今已经揭露出来的腐败分子，今天这里视察，明天那里指示，台上大喊：“当官干什么？”曰：“为人民服务！”

唱高调说："为官一任，造福一方！"镜头也上了，风头也出足了。台下呢，各种黑幕交易，收受贿赂，数额越来越巨大。近日有报道，江西某县一个连九品都不足的小吏，竟也捞得银子近亿，跑到国外去来电说声"谢谢"后就"拜拜"了。滑稽吧！

自古以来，老百姓对贪官污吏深恶痛绝，这些假清官——真的不如真名妓，真的不如。

怀想三晋的“霸王”别“姬”

《霸王别姬》是京剧大师梅兰芳的杰作，脍炙人口。说的是战国时期西楚霸王项羽在垓下被围时，与爱妾虞姬一别，虞姬借口舞剑以自刎为项羽壮行的故事。

我怀想的是一个山西汉子——阎锡山，他在亡命天涯前也曾在太原上演了一出“霸王”别“姬”，但这“姬”并非西楚霸王之宠妾，而是这个山西王的堂妹五妹子，或叫“五鲜子”的阎慧卿。

阎锡山可不是“走西口”的汉子。这个统治山西长达 38 年的一代枭雄，于 1949 年 3 月 29 日下午在解放军攻城的隆隆炮声中，与生他养他的山西作别。送他的五妹子尽管哭得梨花带雨，肝肠寸断，他也一样走得义无反顾，绝不回头。他这一别，直到十余年后客死他乡，再也没有踏上这三晋土地。

阎锡山这次出逃，部下估计他肯定会带走这个他一生钟爱的五妹子。但是大家都错了，他临走时告诉五妹子，他这次去南京是李宗仁代总统约请他去开会，快则一周，慢则十多天就会回来。他知道，五妹子没有跟他一块走，他的部下估计他也许会回来，因为她是稳定军心的砝码。从宿命来说，他的五妹子——阎慧卿是为他所生的。

据说，在阎锡山疲惫睡觉的时候，她会为他捶背，为他掖被，直到阎锡山睡着她才熄灯和侍卫长退出卧室。五妹子阎慧卿工于心计，善于察言观色，对阎锡山的生活起居照顾安排得十分周到。衣服、被褥该洗该换，该穿多穿少，穿什么戴什么都安排得合乎阎的心意。抗战时期阎锡山在克难坡时精力极好，常常边吃边想，思维活跃。有时不免食多伤身，引发病痛。为此，医务人员发愁。后来，派人专门监食，开始由一般侍从来监，但侍从常遭谩骂。后由其夫人监食仍不行，最后由阎慧卿监食。五妹子接受教训，采取限食的办法，凡到阎锡山吃饭时，她就坐在炕桌前，自己不吃，只是监督阎吃饭，吃少了，就劝他多吃，吃多了，又劝他少吃一些。有时看他不想吃，她就会拿筷子尝尝，说些笑话，劝他多吃。有时见他吃多了劝不住，便会把饭碗夺下来，命令副官将饭菜端走，阎会像小孩子一样乖乖听她的。为了调节阎的饮食，她经常过问他的主副食品。后来阎锡山的衣食住行都是五妹子亲力亲为，这种多年的默契和信任、相濡以沫的感情，给两人披上了一层暧昧的粉色。

男人骨子里都是生意人，掂量着每件事孰重孰轻。历史上有几个人会在生死攸关之际舍生为爱？唐朝安禄山叛乱时，另一个三晋女子——杨玉环，在“六军不发无奈何”的时刻，对于这位曾经是“三千宠爱在一身”的妃子，唐明皇也只能赐给她一条白绫，留下全尸，便“此恨绵绵无绝期”了！

杨玉环死于唐明皇赐的白绫下。五妹子阎慧卿则在与阎锡山别后20多天的4月24日凌晨，人民解放军入城前，在太原绥靖公署钟楼下服毒自杀。

据说，就在太原城被攻破前两天，阎锡山曾两次派飞机去接慧卿，但终因机场战火未能成功。

又据资料载，阎慧卿知道他的大哥此去不会再回来了，她心里很清楚，这次一别是生离死别，大哥留下她是为了稳定军心，这是大哥的需要，她义无反顾！

“临电依依，不尽所言！今生已矣，一别永诀，来生再见，愿非虚幻。妹今发电之刻尚在人间，大哥至阅电之时，已成隔世！”这是五妹子在服毒自尽前给阎锡山的绝命书。阎锡山在上海看到此电时泪流满面，失声痛哭。

慧卿终以生命博得大哥的一腔热泪，但爱的价值、生命的意义，又有谁能说清。

我深深地怀念这个情深似海、义薄云天的三晋女子！

东南散记 · 杭州六记

1991 年春，偕老友钟伦光先生结伴到华东旅游，翌年到杭州投资设厂，至 1999 年离开华东，在杭州住了八年多，亲眼看到“破烂的杭州”（1972 年时任美国总统的尼克松参观杭州后的印象 :“美丽的西湖，破烂的杭州”）发展为如今繁华的长三角。20 年过去了，在这里，我经历了人生的成功与失败，多少喜怒哀乐，多少悲欢离合；在这里，我留下许多美好的回忆，也留下了不少的遗憾！余不善收藏也没有写日记的习惯，唯凭记忆写了一些回忆文字，名曰《东南散记》以为纪念。本文是《东南散记》中的首篇，名曰《杭州六记》。

一、美丽的西湖

水光潋滟晴方好，山色空蒙雨亦奇；
欲把西湖比西子，淡妆浓抹总相宜。

这是宋代大诗人苏东坡称赞杭州西湖最具有代表性的诗句，他把西湖比作春秋战国时期的西施，从此，人们雅称西湖为

“西子湖”。

西湖，因在杭州之西边而得名。据记载，我国历史上以西湖命名的湖泊，有三十六个。杭州西湖以其绮丽的风光和众多著名的文物名胜驰名中外。

历史记载，春秋时期，杭州先属吴，后属越，故又称杭州一带为吴越之地。秦代，在这里设钱唐县。汉代、西晋，西湖称武林水。隋文帝九年（589 年），设置杭州。杭州的繁荣始于唐代，当时，李泌任杭州刺史，开凿了相国等六井，引西湖水入城供人民饮用，杭州则逐渐发展为东南名郡，西湖亦随之闻名于天下。那时不称西湖，因它位于钱塘县内，故称为钱塘湖。

唐代穆宗时，著名诗人白居易任杭州刺史，第一次以人工浚湖，并在钱塘门外筑一条长堤，把湖分为上下两部分，上湖就是今天的西湖。五代时，钱镠在两浙和苏南地区（江苏境内长江以南）建立吴越国，以杭州为都城。北宋统一全国后，杭州逐渐发展成为“地有湖山美”的“东南第一州”。宋代著名词人柳永说西湖有“三秋桂子，十里荷花”，杭州有“烟柳画桥，风帘翠幕，参差十万人家”。

南宋定都杭州（改名为临安府），加上吴越时把杭州作为都城，杭州先后两次为国都，故成为中国历史上的名都之一。“一色楼台三十里，不知何处觅孤山”，这就是当年杭州的繁华景象。此时，西湖十景已初步形成。到了明清，西湖经过疏浚，逐步恢复了旧观。

西湖的风景名闻天下，湖光山色，风景迷人，主要的景点有“西湖十景”，这十景是：苏堤春晓；曲院风荷；平湖秋月；断桥残雪；柳浪闻莺；花港观鱼；雷峰夕照；双峰插云；南屏晚钟；三潭印月。

苏堤春晓为西湖第一名胜，是北宋大文豪苏东坡第二次任杭州太守翌年修建的。他为了整治西湖，修筑长堤。1091 年苏东坡离任杭州太守赴京任吏部尚书，林希接任杭州太守。林因佩服苏轼的人品，将此堤命名为“苏公堤”。后来人们为了顺口，把“苏公堤”简称为“苏堤”。

苏堤一共有六个拱桥：映波桥、锁澜桥、望山桥、压堤桥、东浦桥、跨虹桥。另外，苏堤的两边种了很多芙蓉、桂花、玉兰、夹竹桃、樱花等。人们更加欢喜苏堤的是，堤岸上种一株杨柳便隔种一株桃花，春天的时候，“浅草才能没马蹄”配上苏堤的桃红柳绿，是著名的“六桥烟柳”。当年，我和钟伦光坐在那软软的草地上，被暖和的阳光照得慵慵欲睡，真是“桃花枝上，莺啼言语，不肯放人归”啊！

西湖之美，当然有一半是大自然的给予。还有另一半，是西湖有很多民间传说。比如雷峰塔，因为“白蛇传”的传说故事在我国几乎家喻户晓所以我 1991 年第一次去杭州，便对雷峰塔兴趣特别浓，问当地导游时他隔湖遥指雷峰塔，他告诉我们，杭州市政府早就想重修雷峰塔，但至今遥遥无期。那时除了遗址之外，塔早就没有了，以前“雷峰夕照”的雷峰塔是有名无实的。重建“雷峰塔”是 2002 年 10 月的事儿。所以“雷峰塔”的遗址，到我在 1999 年离开杭州时，一直都未去过。

新的西湖十景，有一个叫“龙井问茶”。真正的西湖龙井茶，只有狮峰、龙井、云栖、虎跑、梅家坞五个村子有。龙井茶的名气那么大，依我看来，很大一方面是因为西湖闻名天下，龙井茶产地就在西湖之内，得天独厚。当然，龙井茶好在制法讲究，茶叶造型美观，你看那茶叶，片片都是扁扁平平的尤如“雀舌”，如果用开水泡开，个个茶芽鲜嫩，杭州人称其为“旗枪”。从茶形来说，这是任何茶叶都不具备的。龙井茶有“明前”和“雨前”之分，即清明前和谷雨前采摘的，明前茶和雨前茶的价格是天壤之别的。1992 年我去杭州时，一斤顶级的明前茶，价格不过两百块左右，如今的明前茶已身价百倍，据说一斤顶级真正的西湖龙井明前茶价格要三万元。这还不算，往往想要买到一斤真正的西湖“明前茶”，价格贵且不说，是很难的。

我在杭州期间和一位九溪茶农交上了朋友，他每年都把他家所产的明前茶全部留给我，都不足一斤。至于别人的，他说他根本不敢说是这茶是真的西湖之龙井。他告诉我一个秘密：所谓西湖龙井的明前茶，数量极少，大部分是浙江其他地方所产的茶叶，龙井的茶农们收购他们刚采下的鲜茶叶，在西湖龙井加工炒制，浙江“龙井”就巧妙地变成西湖“龙井”了。这种茶叶，莫说门外汉不知道，就算是龙井的茶师傅，也难辨真伪。不过浙江其他地方所产的龙井，品质和味道都不错，反正管它是西湖“龙井”还是浙江“龙井”，都是“龙井”，至于是否为真正的西湖龙井，只有天知道了。

西湖的举世闻名，与历史上李泌、白居易、苏东坡等著名诗人的作用分不开。西湖是具有两千余年历史的文化胜地，保存着石窟、寺庙、宝塔、碑志、古树、甘泉等古迹，更给美丽的湖光山色增添不少情趣。历代文人写了多少咏叹赞美西湖的诗词文章，这里就不说了，因为写西湖的诗词、文章太多了。我只是在杭州住了八九年的他乡游子，正如白居易的《忆江南》中说的：“日出江花红胜火，春来江水绿如蓝。能不忆江南？”

是的，能不忆江南？能不忆杭州？

二、“破烂的杭州”

“破烂的杭州”出自前美国总统尼克松之口，我是 1992 年去杭州时听杭州人说的。

据说 1972 年尼克松首次访华，也是美国总统首次访华。当年周恩来总理陪同他到杭州参观这名闻天下的城市。游览完毕后周恩来问他对杭州和西湖的印象，尼克松说：“美丽的西湖，破烂的杭州。”这话，虽然并无文字上的报道和记载，但据杭州人说，当年正是“文革”期间，咱们国家不会报道这负面新闻的。但是，杭州人说这是实话，当年的杭州也确实破烂，和西子湖的美丽十分不协调，好比把鲜花插在牛粪上。假如尼克松的确说过这话，那他这话对西湖和杭州的评价是入木五分，不止三分了。

我去杭州旅游是 1991 年，办厂是 1992 年。那时杭州也还很破烂，“文革”结束了十几年，改革开放在华东一带刚刚开始，那时节，连在上海吃夜宵都少有地方。杭州出租车倒是有了，但还不打表计价。当年，除了西湖边上和武林门较像样以外，其他地方的大街都很破旧。1992 年以后，精明的浙江人，经商论道很在行，文化底蕴也很深厚，很快就从经济中起飞。短短的 20 年过后，如今杭州的经济文化排在中国的前列，再也不是“破烂的杭州”，而是“繁华的杭州，美丽的西湖”了。

三、西湖的“三怪”

戏曲《白蛇传》中的白素贞有段唱词：“西湖有三怪，断桥桥不断，孤山山不孤，长桥桥不长。”

一怪“断桥桥不断”。一座很普通的水泥桥，连上下坎都没有，桥栏杆也没有。在未去杭州之前，断桥被书上写得、照片上拍得，渲染得令人神往。实际看了之后很是失望。断桥，在白堤北边，是进入西湖的第一座桥。它是杭州最有名的桥，也是名闻天下之桥。其实，这座小拱桥一点特色也没有，建筑上没有一点特别之处。

断桥为何命名为断桥？据史料记载，断桥始建于唐朝初年。其名称最早见于唐代诗人张祜诗：“断桥荒藓涩，空院落花深。”

宋朝改称断桥为“宝祐桥”。宋末元初，周密的《武林旧事》中又称为“段家桥”，传说是因为湖畔断桥边居住着一对以酿酒为生的段姓夫妇，是否“段”与“断”谐音而得名，不可得知。从此杭州人把此桥称为“断桥”了。

有关断桥的传说很多，最负盛名的恐怕是传说白娘子白素贞在此桥上向许仙“借伞定情”，之后他们坠入爱河结为夫妻。后来爱管闲事的和尚法海挑拨离间，将许仙骗到镇江金山寺做和尚。白娘子为搭救丈夫，玩起“水漫金山”法术，白娘子和小青失败后退回杭州时和逃回杭州的许仙在断桥相遇。几经坎坷，夫妻重逢，百感交集。断桥最大的特点是它地理位置处在北里湖和外西湖的分水界上，后面背景为山，视野开阔，是冬天观雪景最佳地点。余在杭州居住时，曾两次专门来此观赏雪景，观那“残雪”，这里观雪景确实不错。不过那“残雪”，我仅是在旧照片、旧图片中看过，遗憾之至！

二怪“孤山山不孤”。从断桥往南再右拐，便是孤山了，望文生义的解读，孤山应该是“孤”立的山。但不然，孤山并不孤，孤山有名，是因宋朝林逋（967—1028 年）隐居于此而闻名。他长期隐居孤山，一生没做官，没进过城，未娶妻，在孤山种梅花，养白鹤，人称他为“梅妻鹤子”。其名气很大，宋真宗赵恒命官员定期慰问。当时杭州知州薛映、李及等也有时会去探望。死后，宋仁宗赵祯赐他“和靖先生”称号。孤山因林和靖在此隐居而得名，但孤山并不孤。

三怪“长桥桥不长”。西湖的南边玉皇山下的南山路上，有一条大约五米的石桥，名曰长桥。这桥几步脚就跨过去了，为什么叫长桥？又是传说。这传说是国人家喻户晓的梁山伯与祝英台的故事，说他们在这桥上“十八相送”。说那天梁山伯去探望祝英台，“楼台会”后，这个“呆头鹅”发现这“贤弟”原来是个“贤妹”，便依依不舍。祝英台也早就爱上这“呆呆”的梁兄，当然更加如胶似漆。祝英台送梁山伯回家，在这桥上往往返返送了十八遍，这样，一个几步路的短桥便变为“长”桥了。一个传说的民间故事，成就了一个名胜古迹。

四、臭豆腐与臭苋菜

杭州西湖美，姑娘美，天下闻名。但杭州还有一“臭”闻名，这恐怕是天下少有人知道的了。这“臭”是臭豆腐，其“臭”法，可以用奇臭无比来形容！

那是1992年冬，我刚到杭州不久，一位杭州上城区不小的官员请我到清泰桥边一个叫“红房子”的小酒馆吃饭。那官和作陪的一共六七人，菜很丰盛，味道也不错，只是有件事使我终生难忘：杭州的宴席不似广东，广东人请客，客人未曾入座之前不会上菜。他们冷菜很多，客人未入席则摆满半个桌子。那时是冬天，厢房很小，又关闭了窗户，一入座，便闻到一股难闻的味道，那味道，真有点像是大粪！我是贵客，当然不敢说出来，只能左顾右盼地寻找这味道的来源。因为是请我吃饭，怎么也不会想到这臭味竟然来自于餐桌上！先只是考虑是否有哪位不检点的先生或小姐，脚上踩了狗屎进来参加宴会。未曾吃饭便闻到这么“美妙”的味道，食欲大减也只能强忍着。另外，初到杭州又听不懂杭州人似吵架一样的方言。开吃了一会儿，我终于发现这臭味的来源。啊！是这一小碟金黄色油炸豆腐！我立即将这一发现告诉一位我较熟的朋友，说这炸豆腐有点问题。这朋友一愣便立即反应过来，哈哈大笑，马上用普通话给我解释说这是杭州有名的臭豆腐，并夹起一块，放进嘴里咀嚼，说臭豆腐虽臭，但越嚼越香。并说还有比这更有名的“臭”菜，是一种老苋菜梗，进行腌制后发臭，其臭味比臭豆腐更臭，而嚼起来更香，这臭豆腐和臭苋菜尤以绍兴的最为有名。

我听了其解释，立即一试，夹起一小块，屏住呼吸，放进嘴里嚼了起来。果然，那臭中之香，特别不同。由于我这一试，一盘奇臭无比的臭豆腐，被大家一扫而光，朋友又向老板要了一碟。以后凡到酒馆吃饭，我均要点上这一“臭”菜。杭州老大房后面有条小马路叫金鸡岭，专卖油炸臭豆腐，很远就能闻到这臭味。那时，这条街很破烂，现在恐怕不在了。

五、宁可听苏州人吵架，也莫听杭州人讲话

昆曲的故乡，是位于苏州和上海之间的昆山。昆曲是我国最

古老的剧种之一，已有600多年历史，也是我国戏曲的“祖师”。昆曲代表中华民族高雅的文化精粹，2001年被联合国科教文组织列为“人类口述和非物质遗产代表作”。这“水磨调儿”是最彰显华人高贵气质的经典国粹之一。

昆曲的道白，就是“吴侬软语”。

我在杭州的八年，以为“吴侬软语”指的是江浙一带人讲的话语。其实不然，“吴侬软语”仅指苏州昆山一带的语音。至于杭州话和离苏州最近的无锡话，语音都很难听。杭州和无锡的朋友告诉我：“宁可听苏州人吵架，也莫听杭州人讲话。”无锡人则说“宁可听苏州人吵架，也莫听无锡人讲话”。

“吴侬软语”的确好听，尤其是苏州一带的女性说话，软软的、柔柔的。据说，苏州女人吵架都要拿个小凳子坐下来对骂，和唱歌一样，听不懂的人以为她们在对歌。反之，杭州人讲话，如果不知道和听不懂杭州话，从他们讲话的语气，会真的以为在吵架。所以，我在杭州住了八年，我的语言能力虽很强，但因不愿学这难听的方言，仅学会了一句杭州话：“老酒喝喝，饭吃吃！”

六、杭州人，有容乃大

一个地名或企业字号、名胜景点，名字起得雅与俗、好听与不好听，充分体现了这一地方人的文化底蕴、素质和文化水平。到了那个地方，便能感觉出来，在杭州、上海，乃至在华东，我有深深的感觉。

杭州，秦代设钱唐县。唐代李泌任杭州刺史时开始繁荣，外族的入侵（指金兵南侵）使杭州成为南宋的都城（名叫临安）。那时，优越的地理环境使全国的文人商贾聚集于此，带来长三角一带经济繁华。经济的繁荣造就了这一方人民文化生活的提升。现在杭州乃至华东一带很多景点和商贾字号都是那时传承下来的。很多诗人的千古绝唱、诗词歌赋给这些商贾充分利用，如杭州西湖边上的著名酒楼便有“楼外楼”和“山外山”，还有像“天香楼”“魁元楼”，等等。杭州西湖的景点名称，未曾去看过，就先给你一种神往的感觉。名字起得雅与俗，杭州人已把握到极致，如前面西湖“三怪”中说到的，西湖的断桥、孤山、长桥，还有那双峰，那些地方有什么？但杭州人充分利用民间的传说，充分利用历史上的文化名人，把这些传说说得神乎其神！硬把这些死的东西说活了，变成一种现实，为他们服务。这便是精明的杭州人、精明的江浙人。另外，对待历史上的名人，他们“有容乃大”。例如杭州西湖的西泠桥畔，既有革命女侠秋瑾之墓，也能容纳南齐名妓苏小小的坟。西泠桥畔苏小小的墓和慕才亭，比秋瑾墓的名气还大。

在我看来，“有容乃大”，这就是杭州人、江浙人。难怪中国历史上流传千古的风流韵事，很多都发生在钱塘江边。

吸烟的故事

2011 年 5 月 1 日，全国的公共场所全面禁烟。我举双手赞成。

我原来抽烟，而且是个大烟客，每天至少抽两盒以上。从 80 年代开始，我便抽洋烟。那时受广告的渲染——美国西部牛仔“这是万宝路的世界！”抽万宝路。后来改抽“555”，偶尔来一盒古巴雪茄，换换口味，直至 2008 年，从未换过牌子。

抽烟的时候，我的生活习惯是，无论什么时候上床睡觉，临睡时床头柜上都要准备好三件东西：烟、打火机、烟灰缸。因为在北方住了十多年，我学北方人睡觉光膀子，醒来后，第一件事便是坐在床上抽第一支烟，有时甚至抽两支，无论是天寒还是地冻。第二件事才是穿衣服。穿好衣服，再抽。有时把烟点着后，边抽烟边到室外溜达。起床后大约抽完五支烟，才刷牙洗脸。梳洗完毕，再抽。命苦无人伺候，大部分时间自己做早饭，所以边做早饭边抽烟。直至吃早饭时，基本上半包烟没有了。早饭后到晚上睡前，如工作忙则抽得少一点，如果闲着没事干，一支接一支抽，从未计算过一天抽过多少支烟。

我是从 16 岁开始抽烟的。那时家里穷，初中上了一年便失学了，回到家里跟大人在生产队干活。那时正是大饥荒的1960年，肚子吃不饱大家一起磨洋工，一个上午男社员至少可以坐下来抽三次烟，借故抽烟休息，抽一次烟15分钟甚至更长。女人不抽烟就得接着干，堂兄可怜我，叫我也学抽烟。“广播筒”（即用旧书纸割成纸片卷黄烟丝）卷烟一学就会，第一口烟把我呛得半死。不敢学了，但生产队永远也干不完的农活迫得我慢慢地学会了抽烟，不过那时抽的是“伸手牌”（即自己还不带烟）。那时节，得意的是男人们干活时中间借抽烟休息，我终于也可以参加了。

虽然学会了抽烟，但还未上瘾，一件关于烟的故事使我终生难忘：我家离村小学只有50米左右，我除了三餐吃饭和干活，几乎都在学校里和老师们下棋，和老师们很熟。我家房子少，借住学校里的生产队空仓库。那年一位刘姓公社干部在我大队住队，也寄宿在学校。那时物资奇缺，火柴、盐、肥皂均凭证购买，香烟就更不用说了。社员抽烟自己种，小学老师抽的烟叶也靠自己种，刘同志没权没地位又没地种烟，只能剥小学老师的烟树上的皮，甚至把烟树用石头砸碎后用锅头炒干当烟抽。我帮他剥过不少烟树皮。有时烟树皮未烤干抽不着火，他生气了扔掉，烟瘾来了，又拾起来卷着抽。看着那可怜相，庆幸自己未上瘾，那时我抽烟还只是应付生产队磨洋工。我记得，那时烟民们不但抽烟叶（因为烟丝贵买不起），也把雪豆叶子、木瓜叶混着烟叶抽，集市上卖的烟丝很多是用这些叶子掺假的。

一年以后，我也成了“瘾君子”。幸得那时我的大哥种烟、晒烟很有两下子，我抽的烟基本上都是他帮我解决的。

我从16岁开始上“瘾”，至2008年彻底戒烟，整整抽了49年（中间曾戒了不到一年），恐怕整个心肺都抽黑了。每天早上起来，嘴巴苦苦的，舌头厚厚的，不时会有结块的痰咳出来，喉咙从未清爽过。

“文革”期间没烟卖，能买到烟是一种本事，能在人前“炫耀”。改革开放后，能买到香烟了，中国人时常会以抽的烟看你的派头。将香烟作礼物送人也许也是我们的“国粹”。现在想来，送香烟是将亲朋赶快送进坟墓的“礼仪”。别送了，勿将你的朋友送进坟墓吧！

2008年春，因为患上心肌梗死，住院期间还在病房里偷偷抽烟，被医生发现，医生说：“陈伯，烟可不能再抽了。”也真是，出院时我还吞云吐雾，到家后，想多活几年，于是下决心把烟戒了。

以我的烟龄——49年，烟瘾——至少一天两盒，抽雪茄一天也至少一盒，晚上睡不着觉起来抽两三支烟才能入睡，这样都能把烟戒了，相信您也能戒掉的。

戒烟确实较难，但烟瘾并非戒不掉。戒烟也没有什么经验和办法，最重要的是有无戒烟的决心，如果决心想不抽烟了，坚定一下意志就可以把烟戒了。

理解慈善

我曾有好多次听人说中国首善陈光标做慈善是“暴力慈善”。让接受他捐助的人和他合个影，有人说这是“作秀”，是“暴力慈善”。我真不理解，怎么有些国人这么恨有钱的慈善人，我们这个社会该怎么理解慈善？

陈光标做了善事，只要求接受捐助的人和他合个影，这是暴力吗，怎么是作秀？这是他自己的钱，他自己通过合法途径取得的财产，怎么是作秀？这些帽子实在扣得有点不太善意。

改革开放之初，我曾听过一个生活很困难的博士生为了搞科研，没时间捞外快，到处借钱度日。当年接受一家企业提供的奖学金，这家企业要求搞个仪式，借以宣传一下他们的企业。在授奖仪式上，主持人要求他发言，他不愿意用自己的尊严去感谢别人，只在获奖辞中简单地感谢了一下。这位授奖人是个老头儿，70 多岁了，把奖金发给他时对他说：“感谢你接受我这个奖！”此后，这位博士一直记住：人家在做善事，我一定会记得这个企业；以后我有机会也要做善事；人家做善事，只是希望别人知道一下他在做善事。我们接受这些人善意的帮助也应该回报人家，宣传人家的善行，这是起码的道德。

我和好多做过善事的人相熟，自己也曾做过一些极小的善事。我知道也很清楚，很多做善事的人自己是很节俭的，对自己、家人各方面要求都很严格，却对自己生活要求很简单。比如说，金利来的老板曾宪梓先生，上酒楼吃饭，吃不完的，都会叫人打包带回去吃。但他对捐资办学、做慈善事业，从来都是很慷慨的。

我认为，我们这个社会，应该正确理解这些善人所做的善事。

知足常乐

“知足常乐”是国人常挂嘴边的一句最常用的“平常话”。因为这个词词意深刻，意思好懂。这个词，我曾见过好些人请字写得漂亮的人，甚至书法家写成横幅或立轴，挂在厅堂或书房里，半作欣赏，半作座右铭，时时警示自己。

查阅《辞源》《辞海》，里面均无“知足常乐”这一辞条。原来，“知足”应和“常乐”拆开解，《辞源》中“知足”辞条是这样解释的：

知足，谓自知满足，即持盈保泰之意。《老子》：“祸莫大于不知足，咎莫大于欲得，故知足之足常足矣。”《文选》三国魏子建（即曹植，字子建）《责躬》诗：“危躯受命，知足免戾。”

“常乐”好懂，识得这二字者，光从字眼“常”一看便知，无须解释。

按《辞源》“知足”所释，最容易“自知满足”的当然是平民百姓了，因为他们只“日求三餐，夜求一宿”，没有大的奢望和欲求，只要太平盛世、安居乐业。他们虽每日要上班或劳动，辛苦一点没关系，但收入应足以养活自己和家人，小有积蓄，以防生老病死、人祸天灾；他们虽没有豪宅别墅，但有简陋的房舍，假如妻贤子孝、家庭和睦，虽不富裕，但过日子已经无忧。假如他还喜欢喝两口小酒，在他想那么“两口”时，口袋里不至于“囊中羞涩”。那么，他会约上他的好友或挚亲，就着那香喷喷的花生米或者他的所爱，比如他喜欢炖得烂烂的红烧肉，就着那两口小酒，哼起那“我本是卧龙岗上闲散的人……”或边喝边吹口哨儿。这时候，如果给个小官儿他肯定不会要。甚至你弄个“皇上”给他，他也会考虑一下。因为他知足了！因为“知足”，他“常乐”了！他的小日子过得比古代皇上还舒服。这就是《辞源》所说的“持盈保泰”的意思了。

近日重读《诗经・北门》，不妨抄录两节。

出自北门，忧心殷殷。终窭且贫，莫知我艰。已焉哉！天实为之，谓之何哉！王事适我，政事一埤益我。我入自外，室人交遍谪我。已焉哉！天实为之，谓之何哉！

这首诗是说当官的哭穷。为了好懂，试译作白话：

我从北门出来，心里直发寒，至今还是穷光蛋，谁知我艰难。算了吧！害苦了我的是老天，说它为哪般！王事推给我，政事也总交我办。回到自己穷窝里，全都把我怨。结了罢！害苦了我的是老天，说它为哪般！

如今，忙着办实事的官员，靠那仅有的工资过日子，怎不落得家人埋怨。反倒是一些只做表面功夫的官员，整天东游西逛，今天这里指示，明儿那里视察，风头出够了，酒也喝足了，饭也吃撑了，镜头也上够了，关系也拉上了，交易也暗签了，还落得个勤政爱民的名声！怎能不让那些安分守己的官员眼红，怎么让那些本来勤勤恳恳的人“知足常乐”呢？

当官干什么？咱中国人的回答大体是一致的：“为人民服务。”也有的说，为官一任，造福一方，大概不会有人公开说当官是为了混上好日子的。但是，是不是真的都这样想、这样做了呢？从已揭露出来的那么多腐败分子来看，很多人是口是心非的。他们跑官、买官、卖官，台上说廉政，台下大贪腐。还竟然有如广东韶关的原公安局局长，不但自己要捞足 2000 万，还要为儿子、娘子也各捞 2000 万。太离谱了吧！他太不“知足”了，所以他进去了，已经不“常乐”了！

有的官员说，穷不足以养廉，这是不错的。但官职不应成为捞钱的行当。现在有的官员工资不算太高，但额外的好处实在让人无法弄清，所以当公务员成了一个“肥差”。如果官员们成天不“知足”，正如老子曰：“祸莫大于不知足，咎莫大于欲得”，应“知足之足常足矣”。

精明的“阿拉”

“阿拉”是上海人的别称。因为上海话的“阿拉”是“我”的意思。上海人对话中有很多“阿拉”，所以，外人戏称上海人为“阿拉”。

上海是我国经济最发达的商埠之一，新中国成立前的上海滩，十里洋场灯红酒绿。上海经济的兴衰影响着中国的经济和政治。新中国成立后到改革开放以前，上海的经济占据着中国经济最重要的地位。上海的工业产品也在我们心目中首屈一指。比如改革开放前的“三转一响”（自行车、缝纫机、手表、收音机）都是上海产品排列第一：凤凰、永久牌自行车，飞人、蝴蝶牌缝纫机，上海牌手表，凯歌收音机等，都牢牢地占据着我国这些产品的首要地位。所以，我心目中对上海人是刮目相看的。

1991 年我首次去上海的时候，因为那里还没有开放，连吃夜宵都找不到地方。记得那天晚上 11 点左右，肚子饿了出来找夜宵吃，走了很远才在一个小弄堂门口找到一个卖馄饨的小摊子，老板还是在家里煮了拿出来卖的。那时节，我们广东走在上海前列，我自己已有了栋七层的芸香楼。所以当时上海人虽然看不起全国其他地方的人，连杭州人他们都说是乡下人，但对广东人，他们却是另眼相待的。所以，我认为这就是上海人的精明之处。

不是吗？他们很精明，很注重经济，很崇拜富人，这就是上海人。当时在我看来，只要给他们政策上的支持，马上就会迎头赶上。如今，这已是摆在我们面前的事实。

深山里的“炆猪仔”

“炆猪仔”是“文革”时期我的老家丰顺潭江山区人们“打斗四”（“打斗四”是客家人的一种方言，即北方人说的“凑份子”，现在人说的“AA 制”）的一种美食。

“文革”期间，物资匮乏，家里养大的猪是不准你自己杀的，因为这是犯法的事儿。那时候，家里养大的猪必须由公社食品站派屠宰员来统一宰杀，猪杀后除了猪血以外，统统过称；然后 60% 的猪肉要按牌价的批发价格卖给食品站，40% 的才是家里的自留肉。这 60% 上交的肉说是上调给国家干部和城里人吃的，农民每月供应 2 毛钱“公价”的猪肉。40% 的自留肉你可以拿到圩镇上的农贸市场去卖高价。这样的模式从“文革”开始直至结束以后两三年，经历了有十几年时间。

农民只有那每月 2 毛钱的牌价肉，高价肉又没钱买，肚里没油水怎么办？那就得想办法了。丰顺县潭江山区和潮安、大埔、饶平四县交界，那里属于四县“三不管”的地方，潮安县农民们到丰顺县的圩镇上买猪，回来到潮安县或大埔县的地域把猪杀了，然后凑个份子“偷”杀猪，这就叫“下有对策”吧！“炆猪仔”这一美食，就是这些地区的山民们研究出来的一道美食。

“炆猪仔”的做法，是将一头毛重约五六十斤的养不大的“老顽猪”杀了。为什么用五六十斤以下的猪呢？这是因为那时不敢买大的，买过百斤的猪，人家会怀疑你是买回家去“偷”杀，买五六十斤的“猪条”说是买回去养的，没人怀疑。也因为猪小份子少，不易被人发觉。猪杀后先将较肥的膘油煎出后，再将未去骨的猪肉斩成一块块，和猪大肠、小肠、猪肝心肺一块统统放进锅里炒香，最后把猪血当水放入一块去“炆”，再加入沙姜和八角五香粉等调料，小火炆炖。这“炆猪仔”因猪血里有大量水分，炒后便不宜加水了，待滚过一阵火后，锅里猪肉香气四溢。这是“文革”时期山里农民们想出来的最佳美食，想来至今还让人咽口水呢！

那时候，我因属于“黑五类”家庭，没有资格参加红卫兵，只好躲在山里人家给人画眠床。那时算是有钱之人，又是外来的师傅，农民兄弟没把我当外人，更知道我是一个好吃的“美食家”，他们凑份子做“炆猪仔”，不用问都会给我来一份。所以，往往半夜会被他们叫醒，起来享受这一美味。

这就是深山里的“炆猪仔”！

“零骚扰”比“1 元开公司”更重要

《羊城晚报》2013 年 12 月 31 日刊登叶祝颐的文章说，12 月 28 日全国人大常委审议通过了关于修改公司法的决定，“1 元钱可办公司”的试点终于变成了法律。这为国家日益严重的就业形势和白手起家的创业者们工商登记扫除了最大的法律障碍。这意味着，以后创业者在注册资金上不再有门槛了。我这个曾经的创业先行者热诚地为以后千千万万的创业者们欢呼！社会越来越公平了！

我从 1984 年创业至今，整整 30 年，办企业从家乡广东梅州到杭州、上海、北京、成都、重庆，最后又回到了家乡。回顾过去的 30 年，尝尽了创办企业所有的酸甜苦辣和“神仙·老虎·狗”的滋味。我深深地体会到：在我们国家，创业者做“神仙”和“老虎”的时候是少之又少，但做“狗”的时候几乎天天都是（这个话，1990 年我曾在广州三禺宾馆参与时任中央统战部部长的丁关根和中央统战部六局局长的胡德平先生主持召开的“广东省非公有制代表人士座谈会”发言时讲过）。

时至今日，国家政策和创办企业的条件虽然是越来越容易了，但如叶祝颐先生在文章中说的，企业除了需要“1 元开公司”的法律以外，更需要的是对企业的“零骚扰”条件。这一言切中了创业者的“要害”。确实，我也认为这条件恐怕依然还是个“盼盼”。因为庞大的公务员队伍中，依靠企业“管饭”的，弄灰色收入的还大有人在。企业什么时候能得到安宁，一心一意地做好生意、办好企业恐怕还早着呢！

叶在文章中还说，在香港地区，除了创业门槛低以外，创业者除了交 16.5% 的利得税以外，再无任何眼花缭乱的税费和那管你部门的应酬交际。现在，虽说中央和国家加大了对中小微企业减免税费的力度，但内地经商办企业的各种负担仍然不轻，一些部门对企业乱收费、吃拿卡要的潜规则什么时候能真正杜绝，难说！

据我所知，小微企业以前除了要交不轻的税以外，根据各省市不同的规定，还要向有关部门交那杂七杂八的“费”（这费，各地不同，当然都是所谓“合法”的）！我举个例子：个体户交的“个体劳协会费”，私营企业要交“私企会费”。其实国家早就规定不准收了，但据我所知，这个政策出台好几年后，有些地方的工商部门还在变着法子收，因为“上有政策，下有对策”。还有，企业的组织机构代码证，北京 2003 年就停止了年检和收费；新办证、换证也不收费。但广东前两年才停止年检和收费，现在办证和换证仍在收费（每个 108 元），就连非盈利性的社团组织都不能例外！还有，办个小生产企业，很多收费不合理而且相当昂贵。例如，一些新购置的设备（如光学显微镜和电子天平，这类产品是没有“山寨货”的高端仪器），本来就是名厂生产的且有合格证，但还要经过检验，而这检验费有的比买新设备花的钱还要多！还有更离谱的，例如2006年我在北京某区办个生产许可证，要买个电子称，检验机构侧旁有个门店（是否为他们下属部门未知）有卖，但同样的产品价格却是市场的两倍多。但可免检。还有，一些审批、监管部门的检验费、审批费很高。但这些钱用到了何处，我们就不得而知了。

这方面，我因经商几乎跑遍了祖国的半壁河山，深有感触！说实在的，创业者有一半的时间是在为这些“骚扰”而苦恼、操心。我敢写这文章，今天敢说这话，是因为我现在年纪大了，不想办企业了，才把这30年来的苦水一股脑地吐出来！我可以直截了当地说：中国的企业，太难了！尤其是中国的中小微企业，如果他们能把大部分的精力放在企业管理和产品的研发上，不用把很大的精力放在所谓的处理人际关系上的话，那么，中国的中小企业的经济状况和国家的就业形势会好很多很多。

说实在话，我国现在对创业者的门槛倒是不高，但一些虚无缥缈的所谓“管理”，那种“骚扰”，那种收“费”，会让创业者望而却步！老百姓真的很希望国家进行彻底改革，最希望社会公平。

文学与绘画艺术

我被美术评论家称为“杂家”，这很中肯；我也觉得我确实是个“杂家”。而且我的“杂家”跨度很大，我不但写文章、绘画，还做月饼，炒菜当厨师。如司马相如，只差没有卓文君陪我“当炉卖酒”了！但我写文章是休闲娱乐，绘画却原是为了柴米油盐的生计，从未进过什么学习班培训，也未上过美术学校或学院。也因为家里贫穷，只拥有小学学历（好像那时并没有发毕业证，还是后来丢了，早已忘了），上过一年的初中。原来什么是散文、什么是杂文随笔都不知道，只是想好玩而已。写文章是“知天命”以后的事儿，但绘画就不是了！出身于“鲁班门下”，当然自幼喜爱丹青，人说这是天分，先是为了生计而画，然后才是为艺术。这是“鲁班弟子”的真心话。

应该说，绘画我是有天赋的。记得从小学四年级开始，老师就叫我编学校的黑板报，因为自幼喜欢写、画，所以，我对绘画的确“别有用心”。那时候最喜欢看连环画，喜欢赵云和关羽，更喜欢白娘子和小青，一有时间就照着连环画和一毛三分钱一幅对开的印刷画用水彩去临摹，特别喜欢画“梁红玉击鼓”，临摹貂蝉和西施浣沙等仕女。今天小有点成就，和那时的临摹学习是分不开的。另外，我认为，我所有的成就（无论是写文章还是绘画）还应归功于阅读，归功于喜欢文学，尤其是古诗词歌赋。因此，我认为，文学与绘画艺术两者是相铺相成、相得益彰的。

中国的绘画艺术中，从古代至今，凡是可称为“大师”的或有杰出成就的画家，有几个不是有深厚文学功底的？古代的画家、书法家，有的甚至先是著名诗人、文学家，而后才是著名的书画家。自古以来，中国便有文人字画一说。

我们比较熟悉的如东汉杨修，先是文学家，过后才是画家。还有东晋僧人慧远，先是诗人，再才是画家。戴逵，先是学者，然后才是画家……还有南朝时候大画家谢庄，幼有才学，七岁能文，多巧思，“书画遒劲，势岩飞功”。更有唐代最著名的画家李思训（653—718 年），他的《长江绝岛图》《山居四皓图》《江山渔乐图》等，均著录于《宣和画谱》，唐人称他的山水是“国朝第一，列为神品”；他也是有名的诗人和文学家。唐宋元明以后很多画家的文学成就超过他们的绘画艺术。例如明代“吴中四才子”祝允明、唐寅、文徵明、徐祯卿，尤其是唐寅，不但有很高的文学成就，当然也是一位著名书画艺术家了。近代的大画家齐白石，诗书画齐全，但他自称他的诗第一、书法第二、画才第三。

再比如当代的书画名家赵朴初、沈鹏和范曾，他们是当代书画界顶级领军人物，但他们先是学文学开始的，上大学时学的是文学。沈鹏和赵朴初先生都是当代著名诗人，后来是书法家。大画家范曾，原在南开大学学文学和历史。他们都认为，一个画家、书法家，假如没有深厚的文学功底，要成为顶级的书画家，是绝对不可能的!

所以说，学习书画的同时，必须同时多学文学，尤其是古典文学，古典文学中又尤以古典诗词为佳。所谓“博览群书”“博学多才”和“诗中有画”“画中有诗”就是这个道理。这就是文学与绘画的关系。

诗与画的内涵

学画之人不光是学作画，还有画外的功夫。这功夫第一是读书。因为读书可以改变一个人的气质，好的气质是学好画的第一要事。气质是创作的一面镜子，直接反映到你的创作上去。古人云“画如其人”或“字如其人”则是这个道理。作画要有宽阔的胸怀，还要有高尚的品德，不为名利所动。古人主张画要有“书卷气”也许就是这个道理。

我不喜欢新诗，新诗没有味道。正如张中行先生说的，现在人怎么写，也写不出旧诗那个“味”儿来。旧诗好，旧诗除了味道好以外，还有个特殊的用途，就是可以用来骗骗心上人。应付现代佳人，相见时哼几句古典的“春蚕到死丝方尽，蜡炬成灰泪始干……”比双手捧着一束红玫瑰，翻来覆去说“我爱你”浪漫多了！画画也如此，老是画那些一点诗情都没有的，会一点画意也没有。古代所谓的文人字画，也是这个意思吧！我在家是闲不住的人，不惯闲坐，尤其不喜与人闲聊。但我有时会因为累了，与朋友或熟人打几回扑克、下几盘棋，休闲休闲，但绝对不会迷恋进去。我读书没有系统，包罗万象，最喜欢诗词，喜欢李白《将进酒》，白居易《琵琶行》和《长恨歌》，更喜欢李商隐的《无题》。诗与词我更爱读词，很多词人我都很喜欢，如李煜、柳永、苏东坡、周邦彦、陆游和张孝祥。但是不太喜欢李易安，尤其是她前期的作品，无病呻吟！旧体诗词中，我最喜欢词，但无论是诗还是词，都很能抒发自己的情感，能宣泄心中的忧和乐。我也十分喜欢那高雅“水磨调儿”——昆曲，因为这里不但可以找到忧乐，还可以找到创作的源泉。

无论是古人还是近现代的中国画画家，必须诗、书、画全面修养。据说陆俨少先生年少时与前清翰林王同愈是忘年之交，从而启发了他对诗文修养的嗜好。咀嚼涵泳古人的诗词意境，时常撷其精华移之于画，历练构思，便能时出奇想、变化多端，这便是诗与画的内涵。

陆俨少先生提出，十分功夫，则要用四分读书、三分写字、三分画画。其用意是学画者不光是作画，更重要的还是要读书。读书可改变一个人的气质，好的气质是学好画的要件。古代大文学家、大诗人之鸿篇巨制，信手可得，一篇在手，讽味咀嚼，终生受用无穷。这些名作，声容、气势、结构、繁简、虚实，移之于画，定是佳作。学画却不读书，以致营养不良，不但不能吟诗撰文，见其寒俭已也。功夫在诗外，一点也不会错的。比如现在很多家长望子成龙，孩子少年时便被送去书画培训班。但家长并不了解这些老师的功底，有些老师自己连写个收条都写不通，更别说教孩子习画了，简直误人子弟。

诗与书画好比肉和骨、鱼和水，绝对不能分开。

《芥子园画传》
——我学画的“第一口奶”

据说，孩子生下来之后，喝第一口奶很重要，尤其是对于奶水足够的母亲，是不愿让孩子喝牛奶的。母亲奶水不足，做父母的也会千方百计购买最好的牛奶来喂养孩子。而且据说孩子喝的第一口奶，会影响这孩子的终生。

我现在说的，并非是养孩子，而是说学画。学画得名师亲授，看其下笔之顺序，看其如何审势，怎样执笔用笔，怎样用水泼墨、着色，如何点染，直至完成。尤其是大师作画时“啰嗦”的片言只语，说出关键。你必须“心有灵犀”，启发点拨，铭记于心，以后细细琢磨、回忆，这样进益更多。不过，如果你跟随的老师作画时习气太重，会给你带来以后难改的习气。我认为学美术的启蒙老师很重要，也就好比孩子喝的“第一口奶”，会影响他的终生！

我是连牛奶都喝不上的孩子。怎么说呢，因为今生把我安排在穷乡僻壤里出生，母奶是喝不上的。更因为家里穷，还因为这辈子出生在“五类分子”家庭。在我青少年时期，我们的国家是讲阶级、讲成分的。我一是出生在穷乡僻壤的农村，二是“五类分子”家庭，当然就和私生子一样，生出来就被遗弃，不但没法喝到母乳，就连牛奶也买不起了！当然，这只是比喻，没有母奶、牛奶喝的孩子也能长大、也能成才，但如此长大成才的孩子是比有母乳、牛奶喝的孩子长得更艰难，成才率也就大大减低了。所以，我学画除有几分天赋之外，更多的是自己的努力。怎么努力？使我获益最深的是两句话，即古人说的“天道酬勤”和“熟读唐诗三百首，不会做（吟）诗也会吟”！

记得是1964年夏天（已经忘记了具体时间），我为邻村一户原是较有书香气的人家画眠床，那时他家好像是有点破落了。那天，他和我提起过他有一部《芥子园画传》，欲与我换画眠床，问我肯否。这部画谱之名，此前好像在什么地方看到过，也大概看了这本画谱的简单介绍。听他一说，我立即请他取出来看看，当他把这一部四集的画谱拿给我看时，我的心在跳，手也好像微微发抖，我立即同意和他换这部画谱。说实在的，我学习绘画，在此之前从未见过什么画谱，仅在书报及刊物上了解到国画和油画、水彩和水粉画的区别。小学时的图画老师，只是懂点绘画知识，能教你什么。至于画国画的宣纸、徽墨、湖笔和端砚，只在书报上看过其名称而已。生于穷乡僻壤，请勿见笑！真的，那天得到的《芥子园画传》，是我习画以后见到的第一部学画的教科书。得到这一画谱后，我便没日没夜地读看，一而再再而三，如醉如痴。从此以后，我不但在画眠床中临习，更重要的是在纸上临摹。因此，我画眠床的技术也突飞猛进。但是，那时节不敢大张旗鼓地看、学，更不敢让人知道你有这一画谱，因为这是“四旧”，给红卫兵们知道是不得了的。为此，我应该感谢清人笠翁和他的女婿李存蘅，当然更应该感谢这户人家！

当年我得到的《芥子园画传》，可惜在 1968 年“文革”中我哥哥被打死后被我放到灶膛里烧掉了。这部画谱，虽是单色刻印本，但印刷清晰，从这部画谱中我学到古人的用笔、写形，尤其是在构图上，学到不少东西。日以继夜的临习，使我初步掌握了中国画的传统技法。确确实实，这是我习画以来喝到的“第一口奶”。

古人把看画叫作“读画”，“读画”读得多了，胸有成竹；“读画”多了，默记下来，眼睛一闭就能背得出来。我看画总是很仔细的，不放过一切看画的机会。就如古人所说的“熟读唐诗三百首，不会做（吟）诗也会吟”的意思。我青少年时，多次看到过父亲在生产队分东西的时候，对前一天全队各家各户分了多少稻谷和番薯，第二天分的时候能不差斤两地背出来。还有，新中国成立初期，他在村里开个小商店，从来没看他记过账本，但却能把几个月来的收支说得一清二楚。也许是受父亲的基因遗传，我的记性决不亚于老爸，知天命之年以前，唐诗宋词背个三五百首绝不是吹牛，到如今虽然记忆力随着年龄增加在减退，但如稍加提示，还能背个二三百首。以前电话号码只要用过两遍，保证能全部记下来，如今手机智能化了，倒使我惊人的记忆力“英雄无用武之地”。

我学画没有师从任何大师和名家，但我90年代在京、杭、沪经商时，也结识了不少大师和名家，经常有意无意中受到他们的点拨，使我受益匪浅。我觉得我学画最主要的是靠临摹，因为临摹对无师的习画者来说是最好的手段，把别人好的作品逐笔逐段地模仿下来，把别人的好东西变为自己的好东西。但是临摹必须有所用心。临摹一幅名画，临摹者用笔、质性、修养都不同，必然会产生“神”的差异，这是临摹必须有所用心的道理。

对于习画者来说，临摹乍看起来似乎是很死板的，最容易产生谨慎失真的弊病，在临习过程中，只要临习者不“气性”，它便会一步一步地“引诱”临习者去捕捉来自原作闪烁的境界，但这要经过积年累月的临习，才能达到最佳的境界。

今天感悟当年的习画过程，再反思名家所语，才真正悟出著名画家陆俨少先生“杂采诸家，或自心造，要绝去匠习，与古无悖”的道理来。

另外，古人的一切技法，也不是关了门凭空想出的，都是从生活的造化中不断提炼出来的。师古人可省去很多力气，有无这一借鉴，差异是很大的，大师们的传统技法，都是前人在大自然中观察提炼而成的。

这些东西，是我对绘画的感悟。

《钗头凤》成就的沈园

著名的古典园林建筑学家陈从周先生在其名著《说园》中说："园之传，赖文以存，园实文，文实园，两者相辅相成，相得益彰。"他还说："中国园林能在世界上独树一帜，实以诗文造园。"这话说得何等好啊！现在全国各地都在开发旅游景区，建造景点，何不师古人，并认真读读陈先生这篇名著？

不久前重游杭州，要回宁波正弟家里，走四车道的杭甬高速。原本一个多小时的车程，上午10时从西溪宾馆出发，但因堵车，出城开到杭甬高速已是11时30分了。如果直到宁波，估计必须至下午2点才可到达。这时，车已到了绍兴地界，手机收到也许是绍兴旅游部门发来的一条信息："欢迎您来文化名城绍兴，游鲁迅纪念馆、沈园、兰亭……"

我曾在杭州住过近10年，对江浙一带名城景区比较熟悉，也因生平尤喜诗词歌赋，故临时决定在绍兴吃午饭，重游沈园。

沈园，就是宋代绍兴府城内的私人园林"沈氏园"。当时的沈氏园，无非也是假山叠石，曲桥流水，亭台楼阁，桃梅竹柳，"这一答牡丹亭畔，一丝丝垂杨柳，榆荚钱"而已。然沈园之有名，并非这里园林有何特殊之处，而是因南宋大诗人陆游与其前妻唐婉的爱情悲剧，在这里题写了一首千古绝唱《钗头凤》，使沈园成了一方名园。

据南宋周密所著《齐东野语》载，陆游20岁时与表妹唐婉结婚，婚后感情甚笃，琴瑟和鸣。可惜唐婉与陆游母亲失和，唐婉被陆母迫离改嫁赵士程，陆游也再娶王氏。绍兴二十五年（1155年），陆游31岁时在沈园春游，与唐婉不期而遇，那时双方的心情，谁能说得清呢？只有相见无语！当时，唐婉是和丈夫赵士程一起去游沈园的，唐婉遣仆人置酒款待陆游，陆游无限伤感，便在墙上写题了一阕《钗头凤》：

红酥手，黄縢酒，满城春色宫墙柳。东风恶，欢情薄，一怀愁绪，几年离索。错！错！错！

春如旧，人空瘦，泪痕红浥鲛绡透。桃花落，闲池阁，山盟虽在，锦书难托。莫！莫！莫！

词的开头，陆游回忆他和唐婉新婚以后的美好生活，但是好景不长，由于“东风恶”使他们“欢情薄”。他的“一怀愁绪”，休弃爱妻，是因为“东风恶”而造成的。“东风”是历代诗人惯以引用的摧花残柳的“春风”。当然，陆游这里指的是他母亲，她拆散他们恩爱的两口子，“满城春色”也随即便变成了“一怀愁绪”。“几年离索”，他怨恨自己，用了三个“错”字。为什么？他知道，是他母亲的压力使他无法解脱这种离愁。

那天，游人不多，但沈园满塘的残荷，萧瑟的秋风，陆游和唐婉的悲剧故事配合着园内陶笛演播着那一曲曲凄婉的曲子，想怕是当年陆游和唐婉那时那刻："春如旧，人空瘦，泪痕红浥鲛绡透"啊！这里的"人"，当然是指他的前妻唐婉，"鲛绡"是手帕，古人把女子的眼泪称为"红泪"。"人"瘦了，春天虽如"旧"，这时刻想起他与唐婉曾经的山盟海誓，虽然记忆犹新，可如今连托人捎一封信也不可能了。生死不渝的爱情只能屈服在封建礼教的坟墓里。他看着唐婉遣仆人送来的酒食，徘徊在春光里，真想大哭一场！他只能仰天长叹："莫！莫！莫！"

据说唐婉看了这首词后，曾经依韵和了一首：

世情薄，人情恶，雨送黄昏花易落。晓风干，泪痕残，欲笺心事，独语斜阑。难！难！难！

人成各，今非昨，病魂常似秋千索。角声寒，夜阑珊，怕人寻问，咽泪装欢。瞒！瞒！瞒！

不久，唐婉便忧郁地逝去了。

45 年后，这个被梁启超称为"亘古男儿一放翁"的铁血男儿，一个豪气冲天的大诗人，面对他与唐氏的悲欢离弃，儿女情长的缠绵悱恻，重游沈园。面对国家的破灭（金兵南侵，宋朝的灭亡），还有那爱情的悲剧，陆游之后续写了许多悼亡诗，而最著名的就是《沈园二首》。

《齐东野语》云："翁居鉴湖（即绍兴鉴湖）三山，晚岁每入城，必登寺眺望，不能胜情，又赋二绝。盖庆元己未也。"

其《沈园二首》是：

一

城上斜阳画角哀，沈园非复旧池台。
伤心桥下春波绿，曾是惊鸿照影来。

二

梦断香销四十年，沈园柳老不吹绵。
此身行作稽山土，犹吊遗踪一泫然！

史书记载，陆游重游沈园时，沈园已三易其主了，旧日池台也不复可认。但沈园是他和唐婉离婚后唯一的相见之处，也是永诀之处，是留下他终生悲剧之地。此时不但心上人早已成为"泉下土"，就连沈园的亭台楼阁，也已是物是人非。他希望沈园的一池一台能保持旧日情景，以便旧梦重温。但现实残酷，沈园的柳树已老，不吹"绵"了（即不开花了）！他在"此身行作稽山土"之前，也只能"犹吊遗踪一泫然"了！

81 岁那年，陆游仍然记着年轻时的往事，将他那出爱情悲剧和盘托出，梦中重游沈园，写了《十二月二日夜梦沈氏亭园》二首：

一

路近城南已怕行，沈家园里更伤情。
香穿客袖梅花在，绿蘸寺桥春水生。

二

城南小陌又逢春，只见梅花不见人。
玉骨已成泉下土，墨痕犹锁壁间尘。

陆游的诗词是不朽的。但他一生最大的不幸，就是休弃了结发之妻唐婉。他留下的诗词作品中，不但有那至死不泯的爱国情操，还有那辉煌绝代的文学成就以及他与唐婉的挚爱真情。

沈园壁间题的《钗头凤》墨迹，据载保存了相当长的时间。南宋陈鹄所撰笔记《耆旧续闻》记载："余弱冠客会稽，游许氏园（即沈园），见壁间有陆放翁题词……淳熙年间其壁犹存，好事者以竹木护之。"可见陆游题壁的《钗头凤》至少在南宋淳熙至庆元年间（1174—1200 年）尚存世间，乃广为流传。当然，今天壁上的《钗头凤》并非当年陆游所写。

看着沈园满塘的残荷，听着那一曲曲悲婉的陶笛，眷恋着陆游与唐婉的爱情悲剧，我心情沉重地走出了沈园大门……

但愿天下之园林、景区，能有一景一故事、一园一情调！这样的地方，才能令人流连忘返，才可永存世间。

《古今名媛考》赞

何谓名媛？古人并没有确切的定义。查看《辞源》《辞海》均没有这一辞条。但两部辞书对“媛”字，可有说明：媛，美女。《诗经·庸风·君子偕老》：“展如之人兮，邦之媛也！”看来，古人并没有对“名媛”下过正式定义。至于“名媛”这一辞条，无疑是近代的产物了。

近日偶读《南都周刊》一夫之言随笔《古今名媛考》，一夫先生认为名媛除了是公认的美女之外，必须有如下“四条标准”，即所谓名媛者，要“有才情、有名士、有社交、有故事”。余不但赞同，阅后且大彻大悟。一夫先生把明末柳河东（如是）列为古今名媛之首，与李香君并列；还有唐代的李冶、薛涛亦列在古代名媛之内。当然，民国时期公认的陆小曼和唐瑛，还有才貌双全的林徽因当然也在其中了。

历史上的才女众多，但他并不推崇大词人李清照，他也不喜欢朱淑真，更不喜欢张爱玲，理由是她们不爱热闹，孤傲且不善交际，更没有“故事”。

柳如是和李香君虽都出身于青楼，同为“秦淮八艳”之一，自然是绝色佳人了。一夫先生说古今名媛，除了要有漂亮的脸蛋儿，还要有才情，懂琴诗书画；有名人，即要有名士追求，如徐志摩追陆小曼，宋子文追唐瑛；有故事，当然说的是名媛要有故事，要与当时的名人有“瓜葛”；善交际，但不能水性杨花；更重要的还要有人格。像柳如是嫁给明末东林党领袖钱谦益后，清军兵临城下她敢拿刀子逼迫丈夫投水殉国，钱却嫌水冷降了清朝；柳如是却誓死不降，最终结项自尽。后人给这位烈女起了一个雅号：柳河东。一夫先生之所以把她列为名媛之首，煞是国学大师陈寅恪先生晚年专为柳氏写传（即《柳如是别传》），大名家为娼妓作传，这当然是绝无仅有的了。他也很推崇同是青楼出身的李香君。香君虽先为妓女，但嫁给复社领袖侯方域后，因“青楼名花恨偏长，感时忧国欲断肠。点点碧血洒白扇，芳心一片徒悲壮。空留桃花香”被孔尚任写入不朽的历史名剧《桃花扇》。

清代大才子袁枚也特别推崇柳如是。袁枚曾写过一首《题柳如是画像》诗，最后四句云：“百年此际盍归乎，万论从今都定矣。可惜尚书寿正长，丹青让于柳枝娘。”诗中的“尚书”是指明末东林党魁钱谦益，他是当年的诗坛领袖，“柳枝娘”正是他的如夫人柳如是。柳如是当年自拟苏小小，小小死后数百年，其事乃为人津津乐道。当年袁枚曾记载过一件趣事：“某尚书过金陵，索余诗册，余一时率意用之（用“钱塘苏小是乡亲”闲章盖上赠给某尚书）。尚书大加呵责，余初犹逊谢，既而责之不休，余正色曰：‘公以为此印不伦耶？在今日观，自然公官一品，苏小贱矣。诚恐百年以后，人但知有苏小，不复知有公也。’一座辗然。”这段文字是袁大才子亲录于《随园诗话》的。

正如一夫先生最后说的：“如果把各朝代的名媛拿出来比一比，时下所谓名媛者，还真羞煞人也。”余亦然！

说说《说园》

不久前路过历史文化名城绍兴，重游了沈园。因为不是旅游旺季，游客不多，故又很好地欣赏了一遍沈园。

沈园不大，可名气不小。园内的建筑也不过是曲桥流水，假山叠石，亭台楼榭；种的无非也就是松竹杨柳桃梅，绝对的中国江南园林特色。大多数人游沈园，当然不是光看那点假山叠石、梅杨柳，更重要的是“体验”一下南宋大诗人陆游和其妻唐婉的爱情故事。当年恩爱的陆游和唐婉，被陆游母亲逼迫离异十年后在此不期而遇，双方凄然无语。后唐婉遣人置酒款待陆游，陆游无限伤感，在墙上题写了一阕日后成为千古绝唱的《钗头凤》。唐婉读后肝肠寸断，不久便“人成各，今非昨，病魂常似秋千索”，忧郁而逝了。陆游这个被梁启超称为“亘古男儿一放翁”的铁血男儿，豪气冲天的大诗人，四十多年后重游沈园，已物是人非，竟也有儿女之情的缠绵悱恻。面对自己的爱情悲剧和国家的兴亡，又伤心地写下感动了多少有情人的《沈园二首》七言绝诗。

这更使我想起我国著名古园林学家陈从周教授在其名著《说园》中所说的：“园之传，赖文以存，园实文，文实园，两者相辅相成，相得益彰。”绍兴沈园有千年历史，《钗头凤》能成为千古绝唱，为陈从周教授《说园》之说提供了一个例证。还有更加鲜明的例子，如昆明大观楼孙髯翁一副长联，便使人产生想去昆明旅游的欲望。当人还在去昆明的路上时，就想着那“五百里滇池，奔来眼底，披襟岸帻，喜茫茫空阔无边”的景致。真的，五百里滇池浩瀚无边，大观楼的壮观，少不了孙髯翁先生的文字“……四围香稻，万顷晴沙，九夏芙蓉，三春杨柳”和“……几杵疏钟，半江渔火，两行秋雁，一枕清霜”。

《说园》中还说：“中国园林能在世界上独树一帜，实以诗文造园。”这有鲜明的例子，那就是范仲淹作于北宋庆历六年的名篇《岳阳楼记》，这是他的好友滕子京被贬岳州时，他应其邀所作。史载，滕子京被贬岳州，这个投机者急欲立功以使自己能尽快挽回“损失”，而又能留芳百世，便想到重修岳阳楼。有史料记载，岳阳楼修缮尚未动工，滕氏便到处请人撰写修缮岳阳楼的碑记。他曾请了好几个有名的文人撰写，均不满意，最后想起好友范仲淹。范仲淹既是当时著名的文学家，又是当朝的参知政事（相当于副宰相）。于是他找人携重金请他执笔。范果然不负所托，文章一开头便把滕子京大大褒扬了一番：“庆历四年春，滕子京谪守巴陵郡。越明年，政通人和，百废具兴。乃重修岳阳楼……”“先天下之忧而忧，后天下之乐而乐”，只这句便使好友老滕变成了一位正直的好官儿，把抱负与满腔宏伟的胸怀说得淋漓尽致！岳阳楼也从此闻名天下。

关于“园之传，赖文以存”的例证，在我国古代不胜枚举。如南昌的滕王阁，不也是一篇《滕王阁序》使其扬名天下？更有王羲之的《兰亭集序》，书法文章并茂，使绍兴的兰亭成为一个著名的旅游胜地，后代人均沾其光。

中国现在各地都在兴建星级的景区，建设旅游文化产业园之类的景点，但有的景区内配的诗词、楹联比“打油诗”还差劲。“还不如‘顺口溜’，念都念不下去！”（“鬼才”魏明伦语）据说，这些“不太入流”的诗词、楹联，多是一些想“留芳百世”的“江湖骗子”的杰作。还有一些，更是当地地方“长官”们的“意志”。我们的“官老爷”们，既然舍得花巨资去修建那些星级景点，为何不师古人、学滕子京，再认真读读陈从周先生的《说园》呢？如果按“园之传，赖以文存，园实文，文实园，两者相辅相成，相得益彰”的理念去建景区，再“投”些“意志”进去，倒也罢了！不然，你的园建得再漂亮，而匹配着些不伦不类的所谓“文化”，这园、这景，恐怕也不会使人念念不忘。而这些“杰作”的创造者们更别想“留芳百世”，恐怕也许会“遗臭万年”！

《中国客家对联大典》序

一

中华民族五千多年的文化历史长河中，孕育着许多盛极一时的优秀文体。如《诗经》、楚辞、汉赋、骈文、乐府、唐诗、宋词等，都具有优美的韵律，称为“韵文”。这些“韵文”在形式结构、句子格式、音律节奏上，各种文体都具有其独特之处，但有一个共同的特点，就是在诵读之后，能让人获得一种“美”的感受。这是优秀中华民族文化能在世界文化史上芬芳永驻的原因。如：

《诗经·小雅·出车》
春日迟迟，卉木萋萋。
食庚喈喈，采蘩祁祁。

《诗经·采薇》
昔我往矣，杨柳依依；

今我来思，雨雪霏霏。

曹植《洛神赋》
荣曜秋菊，
华茂春松。

《乐府·孔雀东南飞》
枝枝相覆盖，
叶叶相交通。

陶渊明《桃花源记》
芳草鲜美，
落英缤纷。

到了唐代，鼎盛的诗歌把这些对偶的“韵文”推向顶峰。这就是律诗，诗中的第三、四句和第五、六句，就是两副字句相等、词性相当、结构相称、平仄相谐、节奏相应、内容相关、对仗工整的“对联”。如：

王勃《送杜少府之任蜀州》
海内存知己，
天涯若比邻。

杜甫《旅夜抒怀》
星垂平野阔，
月涌大江流。

白居易《放言五首》
试玉要烧三日满，
辨材须待七年期。

李商隐《无题》
春蚕到死丝方尽，
蜡炬成灰泪始干。

词，古人称为长短句，这一文体始于晚唐和五代宫廷教坊。到了宋代，词发展达到高峰，所以，人们习惯称词为“宋词”。除《诗经》、辞、赋，骈文、乐府以外，律诗和宋词的形成，更为对联创作提供了坚实的基础。以后对联中很多的集句联语，均出于此。如上联出自晏几道的《浪淘沙》和刘彤的《临江仙》，下联集自赵汝连的《清平乐》和黄升的《木兰花慢》集句联：

新燕年光，满阶芳草绿；
初莺细雨，流眼落花红。

又如这一联：

当楼月半奁，燕子横穿朱阁；
画帘香一缕，蛛丝闲锁晴窗。

上联出自吴文英的《生查子》和李清臣的《谒金门》，下联出自程垓的《谒金门》和黄庭坚的《画堂春》。宋代以后，元曲的形成和元明时期流行的传奇和杂剧，这种与词的句式相近的韵文，放宽了格律，使用衬字，多用口语，对以后楹联创作产生了巨大的影响。这些集句联语，后人说这是古代文人的“文字游戏”。楹联研究家们认为，正是这些“文字游戏”，在中华民族这块沃土上经过长期的创造和沉积，融合了诗、辞、歌、赋、骈、词、曲等文体精华，凝聚而成为日后的对联。因此，我们说对联是这些文体的精华，是诗中之“诗”并不为过。

对联是形体短小、上下对应、对仗工整、韵律和谐的一种对偶句式的文体。因为它根植于我国古老的汉文化和俗文学的沃土中，有根深蒂固的群众基础和突出的民族文学特色，雅俗共赏的对偶格律。对联不但是名副其实的“国粹”，中华民族的文化瑰宝；对联还是“阳春白雪”和“下里巴人”都乐于接受的一种文学艺术形式。千百年来畅行于文坛，应用于社会，它不为改朝换代而湮没，也不为时代前进被淘汰，显示出经久不衰的生命力，逐渐形成我国文苑艺圃中流行最广、使用频率最高的一种雅俗共赏的文体。“楹联习俗”已被国务院列为首批国家的非物质文化遗产。

二

楹联界一直认为后蜀主孟昶“新年纳余庆，嘉节号长春”为第一副春联。但对联起源于何时？是否敦煌研究院谭婵雪撰写的《我国最早的楹联》一文（中华书局，1991 年第四期）推论对联出现在晚唐？她根据敦煌莫高窟藏经洞出土的斯坦因劫经遗书中所录对偶联句：

三阳始布，四序初开；
福庆初新，寿禄延长。

余虽非对联学的研究者，却对谭研究员的推论深信不疑。至于对联究竟产生于何时，非吾辈议论之事，姑且留给对联学家们去研究吧！

宋代，对联已广泛流行于民间。宋代的“春联”叫“春帖子”，写春联叫题桃符。

爆竹声中一岁除，春风送暖入屠苏；

千门万户曈曈日，总把新桃换旧符。

这首北宋诗人王安石的《元日》诗，便充分反映了宋代对联使用状况 。

对联这一文体的发展，应该提到两个朝代三个皇帝起的重大作用，一个是明朝开国皇帝明太祖朱元璋，另两位是清朝的康熙和乾隆。朱元璋本人就是一个楹联爱好者和联家，明朝建立以后，由于他的提倡，对联开始普及。创作技巧也日趋成熟，对联开始有了分类，如“春联”这一名称就是由朱元璋提出来的。清代陈云瞻的《簪云楼杂说》载：“春联之设，自明孝陵昉也，明太祖都金陵，于除夕忽传旨，公卿士庶家门上须加春联一副。太祖微行出观，以为笑乐。偶见一家独无，询知为阉豕者，尚未请人撰书耳。太祖为其书曰：‘双手劈开生死路；一刀割断是非根’，投笔径去。”皇帝的推广，上行下效。自此每年春节除夕，家家户户形成了用红纸贴春联的风俗。朱元璋不但推崇春联，还创作了许多著名题赠联、名胜联，因此被人称为“对联天子”。明代出现了如解缙、杨慎、徐渭、唐寅和祝允明等一些著名对联作家。

清朝对联的普及和高速发展，是由于康熙、雍正、乾隆连续几个皇帝的推崇。紫禁城内外都刻着或贴着由他们亲自撰写的对联，起到推广和普及作用，对联自此风行全国。康熙和乾隆不但在紫禁城内题写对联，而且全国各地很多风景名胜都留下不少他们题撰的楹联。

鼎盛的清代对联已从帝王的宫廷和官府衙门，普及到文人墨客的书斋和农家茅舍；从风景名胜的亭台楼阁到各行各业的招牌门面，无处不见长短不一、情趣各异的对联。各个种类的对联争奇斗艳，除流行最广的春联以外，胜迹联、婚寿赠贺联、挽联、行业联都广泛流行。这些对联内容不但抒情言志、状物写景、述史记事，还有歌颂升平、批判讽刺、游戏嘲谑，丰富多彩，不拘一格。对联这时已不止于五、七言格律诗的句式，还创造了许多新形式。如被称为“布衣才子”的孙髯翁撰写的昆明大观楼长联：

五百里滇池，奔来眼底，披襟岸帻，喜茫茫空阔无边。看东骧神骏，西翥灵仪，北走蜿蜒，南翔缟素。高人韵士，何妨选胜登临。趁蟹屿螺洲，梳裹就风鬟雾鬓；更苹天苇地，点缀些翠羽丹霞。莫辜负四围香稻，万顷晴沙，九夏芙蓉，三春杨柳。

数千年往事，注到心头，把酒凌虚，叹滚滚英雄谁在。想汉习楼船，唐标铁柱，宋挥玉斧，元跨革囊。伟烈丰功，费尽移山心力。尽珠帘画栋，卷不及暮雨朝云；便断碣残碑，都付与苍烟落照。只赢得几杵疏钟，半江渔火，两行秋雁，一枕清霜。

这副长联 180 字，构思缜密，对仗工整，文辞华丽，写得气势恢宏，激情满怀。无论是词性和声韵拍节都符合对联韵律。尤其是上下联的后面四个分句，分开来也是句中自对的佳作，读起来语调铿锵，声声入耳。这副对联对后来的楹联创作产生了深远影响。我想，稍有文化的人，有几个不知道这副对联的；正如著名的园林学家陈从周教授的《说园》里说的："园之传，赖以文存，园实文，文实园，两者相辅相成，相得益彰"（当然，我这里说的"园"是包括名胜景观了）。我想，又有多少人去昆明旅游，是冲着大观楼的这副楹联去的；到了昆明，又有谁不去看看大观楼这副名联呢?

联书的出版，为对联的普及推波助澜。明代杨慎的《谢华启秀》和《群书丽句》出版以后，各种对联书籍如雨后春笋般陆续刊出。如冯梦龙的《金声巧联》、乔应甲的《半九亭集》等，清代著名文学家梁章钜、梁恭辰父子先后出版了《楹联丛话》《楹联续话》《楹联三话》《楹联四话》《楹联剩话》《巧对录》《巧对续录》《巧对补录》等楹联专著。他们开创了对联体例，确立了分类原则，并总结了中国历代对联的创作成果。梁家父子的著作，是对中国楹联文化影响最大的。因此，中国楹联学会设立楹联文化最高奖："梁章钜奖"。清代不但出版联书很多，也先后涌现了大批对联作家，和唐代诗人一样，群星灿烂。

但对联这一文体，从萌芽时期到开花结果，都比其他文体时间长。对联创作形成体例、时间也相对比其他文体晚。其主要原因是对联在明代之前，和戏剧一样，一直被文人墨客视为一种“消闲小技”。元明时期，“杂剧”和“传奇”已流行于民间，涌现了如《窦娥冤》《赵氏孤儿》《秋胡戏妻》《陈州粜米》《绣襦记》《牡丹亭》等大量戏剧和关汉卿、石君宝、梁辰鱼、汤显祖等著名戏剧作家。其中成就最大的当推汤显祖，他的《牡丹亭》被认为是中国古代第一戏剧。然而，这些优秀的戏剧和对联一样，只被文人墨客看作是消闲的“末技”。很多剧作，如《陈州粜米》、《百花亭》、《绣襦记》(《绣襦记》的作者薛近兖有争议。一说徐霖，但《中国十大古典悲喜剧集》[上海文艺出版社，郭汉城编著]认为《绣襦记》作者为无名氏)、《玉环记》等，和许多著名对联一样，都没有留下作者姓名。汤显祖的戏剧成就可以与他同时代的世界戏剧大师莎士比亚相媲美，当年京都满城都在传唱《游园惊梦》的时候，可汤显祖并不买账。他有杰出的戏剧天才，他与莎翁同年驾鹤西去，比莎翁还多活了14年，可莎士比亚留给世界37部剧作，而咱们的汤大师，除了《牡丹亭》以外，只留下《玉茗堂四梦》等区区的5个剧本！因为汤大师在巅峰时期放下了写戏剧才情的笔，朝思暮想当官治国平天下！在受黜夺官之后，还盼望朝廷有朝一日重新启用他。为了一个“仕”，他把一生都搭了进去，晚年处于“竹篱园蔬，鸡莳豚栅”之中，《明史》用了“蹭蹬穷老”四个字来形容他晚年的景况。

还有，清代纪昀在编《四库全书》时曾说，《谢华启秀》是“以备作骈体之料”，对《谢华启秀》联书予以否定。但杨升庵在《丹铅别录序》中自述：“自束发以来，手所抄集，帙成逾百，卷计逾千。”书名用陆机《文赋》语，他在《陆韩论文》（《升庵全集》卷五十二）中说：陆机《文赋》云，“谢朝华于已被，启夕秀于未振”，取其中“谢、华、启、秀”为书名。《谢华启秀》确是一本集句对联，并非纪晓岚说的“以备作骈体之料”。他在编《四库全书总目提要》中说：本书的体例就是“取诸书新艳字句裁为对偶”。纪晓岚出尔反尔，这也许是明清时期文人对楹联和戏剧的态度。

三

何谓“客家”？

《辞源》中有【客】①来宾、客人。②旅居他乡。……

【客家】汉末建安至西晋永嘉间，中原战乱频繁，居民南徙，北宋末又大批南移，定居于粤、湘、赣、闽等省交界区，尤以粤省为多。本地居民称之为客家。《广东通志》卷九三舆地引《长宁县志》：“相传建邑时，自福建来此者曰客家。”又引《永安县志》：“有自江闽潮惠迁至者，名曰客家。”

人类在古代，迁徙是常见的事情，但并非所有迁徙的人就是客家人。关于客家人的迁徙，客家学研究学者们大多推崇罗香林教授《客家研究导论》和《客家源流考》两本著作中的观点。罗先生这两本书引用了大量客家人的谱牒，论证了客家人的祖先是中原人（即中州人），经过了五次大规模迁徙，由中原辗转到华南各地和川、陕、皖、台各省，并流徙至东南亚及海外各国。但也有一些客家学者说客家人主要是由闽、粤、赣交界地区的土著汉民和小量的南徙移民组成。

学术界如何界定“客家人”，这是人类学和客家学研究的大事。本书不是研究客家学的著作，没有必要为客家学的大事花太多的笔墨和时间去研究。我认为，客家族群是汉民族中一个民系、一个很有特色的民系是肯定的。有人统计，目前全世界共有1亿多客家人，分布在全球80多个国家和地区。客家学的研究，则始于清代广东嘉应州（今梅州）的宋湘和黄遵宪，而真正系统研究客家这一民系的是1933年罗香林《客家研究导论》出版后才基本确立。本书只是一部客家传统文化书籍，为客家文化做点事。而“客家”和“客家文化”本来就是一个概念，我想，只要入编的对联有点“客家”元素就够了。

既然大家肯定客家是中华汉民族中一个重要民系，客家文化研究得到了海内专家学者重视。我们出于对中国传统文化的钟爱，出于保护这些濒危流失的优秀民族文化遗产，大家一定能谅解我对“客家”的理解而编纂这部书。

为此，我们把入编《中国客家对联大典》对联的内容作了如下规定：

1. 全世界客籍人士的楹联；

2. 全世界客籍人聚居或流徙居住地的楹联；

3. 五代以来客家人在外地工作和生活的楹联；

4. 五代以来非客家人在客家地区工作和生活创作的楹联；

5. 五代以来非客籍人对客籍人、物赠贺、吊挽的楹联。

四

对联和客家文化有着千丝万缕的关系。客家人传承了古老的汉文化，以儒家忠孝仁义礼智信、修身齐家治国平天下的思想为指导，历千年薪火，代代相传。客家人筚路蓝缕，披荆斩棘，吃苦耐劳，开基创业，耕读传家。客家人自古以来无论身在何方，无论战乱迁徙，或遭岁月炎凉，都始终执着地承袭、追求一个国家和民族最深厚的潜力——文化。客家人崇文重教，无论达官显贵，还是子民百姓，每逢节日，或婚、丧、喜、庆，都喜欢用对联来营造氛围，表达心情，所以说，楹联是客家文化中不可或缺的重要组成部分。

明代客籍联家除杨慎以外，最具代表性的应该是江西庐陵的（今吉安市）解缙。解缙（1369—1415 年），字大绅，洪武年间进士，永乐年初任翰林学士兼右春坊大学士。有《文毅集》

和与黄淮等撰《古今列女传》存世，主修《永乐大典》。少年便有奇才，尤长于谐讽联对。据清褚人获《坚瓠七集·解大绅传》载，传说他8岁，即能以顶真格与成人对对子。吉水县令闻说，派人叫解缙之父带其子前来面试，解父不敢怠慢，双肩驮解缙前来县衙。知县见状，不禁大笑曰："将父作马。"解缙不假思索，坐在其父肩上答道："望子成龙。"县官一惊，对解缙才思敏捷、出口成章赞叹不已，遂留父子俩吃饭。厨师上菜，先端来一盘螃蟹，县官还想再试试解缙的文才，又口占了一上联：

螃蟹浑身甲胄。

解缙一眼看见墙角一只蜘蛛，应声答曰：

蜘蛛满腹经纶。

知县连声赞道"神童！神童！真是神童！"这虽是传说，但足以证明解缙少年便有才学。有关解缙对联传说很多，其最有名的一副对联是：

墙上芦苇，头重脚轻根底浅；
山间竹笋，嘴尖皮厚腹中空。

这副著名的谐讽联，讽刺了一些徒有虚名、没有实学的人，广为流传，后来被很多名人引用。

明代的联家，还有广西藤县的袁崇焕（1584—1630年），字元素，祖籍广东东莞。他虽传世对联不多，其中有一著名自勉中堂联曰：

心术不可得罪于天地；
言行要留好样与儿孙。

连年的战乱，生灵涂炭，中原人们流离失所。南徙的汉民，同时把先进的技术和文化带往南方，和南方的土著居民融合到一起，有力地促进了当地经济文化的发展。鼎盛的清代楹联文化也同时影响了客家，这时的客家联坛，也和全国联坛一样，群芳争艳。如陈宏谋、伊秉绶、宋湘、林召棠、李载熙、丁日昌、陈继昌、黄遵宪、丘逢甲、陈三立、王见川、谢远涵、黄慎、陈宝箴等。他们的作品在中国楹联史上占据着一定地位，所以说客家楹联是中国楹联的重要构成部分。他们中最著名的是：

伊秉绶（1754—1815年），字组似，号墨卿、默庵，福建宁化人。乾隆年间进士，出任惠州知府和扬州知府时，很有政绩。在惠州任上，创建丰湖书院。他不但是个著名楹联家，还是一位与邓石如并列的杰出书法大家。他常以隶书作联，存世楹联和联墨书法不少。

还有广西陈宏谋（1696—1771 年），字汝咨，号榕门，祖籍广东和平，广西桂林临桂人。官至东阁大学士，是清雍正、乾隆年间重臣。他学识渊博，著作颇丰。传世名联很多。

雍正十年（1732 年），嘉应州（今梅州市）成立后，成为闽粤赣客家地区政治、经济、文化中心。粤东北地区经济文化的发展，楹联也随着普及和风行，从而涌现一批著名联家，宋湘就是这个时代著名的楹联作家之一。

宋湘（1756—1826 年），字焕襄，号芷湾，嘉应白渡人。出身贫寒，从小勤奋用功，年轻时候诗联已崭露头角。嘉庆四年（1799 年）考中进士，授翰林院庶吉士，翌年起主讲惠州丰湖书院。嘉庆十年（1805 年）起授翰林院编修，后历任四川、贵州等乡试主考官和文渊阁校理、湖北督粮道等。嘉庆十年，供职翰林院的宋湘为皇帝书写了“上大人”的横匾庆贺皇帝寿辰，并以此匾撰写了一嵌名联：

顺穆康宁，雍然乾德嘉千古；
治平熙泰，正是隆恩庆万年。

此联巧妙地嵌入顺治、康熙、雍正、乾隆、嘉庆五个皇帝的年号，修辞得体，平仄合律，体现了他过人的才华。这副对联特别切题，博得龙颜大悦，称他为“岭南才子”。宋湘不但是位著名诗人、楹联家，还是个书法大家，传世不少名联和联墨，以及《红杏山房诗钞》。

晚清还有另一位影响很大的诗人、楹联家黄遵宪。黄遵宪（1848—1905年），字公度，嘉应州城东下市人。近年来学术界对黄遵宪的历史地位进行探讨和重新评价，认为他既是一位政治家、思想家，还是改革家、外交家和教育家。这位晚清著名诗人，最近已被中国作家协会列为中国古代百位文化名人之一。他传世对联现在虽仅发现近50副，但其中不乏优秀作品，最有名的是在任清廷驻日公使时，为清政府驻日使馆题撰的一副对联：

放眼楼头，看海水南流，夕阳西下；
寄怀天末，咏京华北望，零雨东归。

这副对联以东西南北四个方位词，写出了一个旅居他乡游子“京华北望，零雨东归”复杂的真挚的思乡情结。

清末至民国，客籍联家不断涌现，如王利亨、陈衡恪、钟孟鸿、何寿朋、林百举、邹鲁、洪秀全、石达开、李秀成、廖仲恺、孙中山、李宗仁、杨滋圃、彭玉麟、李秋四、钟明光等。

民国时期，伟大的中国革命家、孙中山先生的对联是影响最大的。孙中山（1866—1925年），名文，字逸仙，广东香山人（今中山市）。早年从医时即立志反清，投身革命。1905年在日本组织同盟会，提出三民主义学说。1911 年领导辛亥革命，推翻了清政府，建立民国，被推举为中华民国临时大总统。

孙中山一生撰写联语不少，其中一副赠与其妻宋庆龄共勉，联云：

精诚无间同忧乐；
笃爱有缘共死生。

又如一自勉联：

愿乘风破万里浪；
甘面壁读十年书。

这些联对，写出了一个革命家的豪情。还有他题杭州风雨亭联、赠黄兴联、挽蔡锷联等均为后人称颂。孙中山先生不但擅长撰联，还功于书法，传世楹联书法很多。

民国至“文革”之前，客籍的联家也不少。如陈寅恪、朱德、叶剑英、王力、郭沫若、罗元贞、古直、黄旭初、唐景崇、陈城富（台湾）、李求真、郑妙昌等，这一时段的客籍最著名联家有三人：一位是被誉为清华四大国学大师之一的江西修水人陈寅恪；另一位是广西博白的北京大学教授、语言学家王力；还有一位是中国当代著名文学家、科学家，四川客籍郭沫若。

1932 年清华大学国文系入学考试，陈寅恪应邀为考试出题，其中有一题是“对对子”，他出的上联是：孙行者（对下联）。结果有一半以上的学生交了白卷。事后有人说陈寅恪食古不化，出“怪题”刁难学生。陈寅恪却不以为然，撰文回应说：对联是各种文学形式中数字最少，但却是最富中国文学特色的文体，不但可以考察学生读书之多少和语言之贫富，还可考核学生的思想条理，最容易测验学生对中文的理解。这副对联虽寥寥数语，却包含了词性、平仄虚实的运用。如出题的上联“孙行者”，下联标准对句应该是“胡适之”。此联乃化用了苏东坡《赠虔州术士谢（晋臣）君》七律诗句：“前生恐是卢行者，后学过呼韩退之。”“韩卢”为犬名，“行”与“退”皆为动词，“者”与“之”是虚词。苏轼此诗中之对联可称为中国对仗文学之典范。此题的上下联的胡（猢）、孙（狲）是猿猴，而“行”与“适”都是动词，“者”与“之”皆为虚词，词性、平仄、音韵皆对仗工隐，何谓怪题？

陈寅恪一生治学严谨，创作了很多楹联。作品水平高雅，而且富含时代和个人情感。可惜人们对这位国学大师的楹联佳作没有及时记录，所以本书收入他的作品并不多。

王力先生一生虽然联作不多，但其应广西桂林市园林协会之邀，为桂林小广寒楼题写了一副对联：

甲天下，名不虚传。奇似黄山，幽如青岛，雅同赤壁，佳拟紫金，高若鹫峰，穆方牯岭，妙逾雁荡，古比虎丘，激动着倜傥豪情：志奋鹍鹏，思存霄汉，目空培嵝，胸涤尘埃，心旷神怡消块垒。

冠环球，人皆向往。振衣独秀，探隐七星，寄傲伏波，放歌叠彩，泛舟象鼻，品茗月牙，赏雨花桥，赋诗芦笛，引起了联翩遐想：农甘陇亩，士乐缥缃，工展鸿图，商操胜算，河清海晏庆升平。

这副长联，意境壮美，诗情画意。上联将“甲天下”的桂林山水与祖国各地的名山胜景作横向对比，写出了桂林山水的奇、幽、雅、佳、高、穆、妙、古；下联紧扣桂林的诸多名胜，连用振衣、探隐、寄傲、放歌、泛舟、品茗、赏雨、赋诗等不同的表情动词。此情此景，怎不使人“联翩遐想”新时代的农、士、工、商各展鸿图的升平景象。正如《岳阳楼记》所云：“登斯楼也，则有心旷神怡，宠辱皆忘，把酒临风，其喜洋洋者矣。”全联如数家珍，借景抒情，颂今怀古，对仗工整，文采斐然，足见语言大师功力。

郭沫若是新中国建国后中国楹联界影响最大的联家之一。他不但联作颇丰，在诗歌、小说、戏剧、散文、考古、古代史各方面均有不朽成就，而且精通书法。可以说，他是一位文学艺术界、科学界的全才和奇才。有《沫若文集》17卷，对联专辑有《郭沫若楹联辑注》（曲树程、杨芝明编注），还有部分联语入辑其他联书。郭沫若的对联，是近当代入辑《中国客家对联大典》一书对联最多、质量上乘的著名楹联大家，读者可在书中看到他的优秀作品。

客家对联是中国楹联的重要组成部分，内容和分类上基本是相同的，但客家对联最有特色的还是客家人的姓氏祠堂对联。客家人在忠孝仁义礼智信和修身齐家治国平天下的儒家文化思想指导下，撰写的对联有其深厚的思想内涵和文化底蕴。这些对联，大都为宗族内先贤名人撰写、祖祖辈辈流传下来。这些祠堂楹联，表达了客家人厚重的儒家文化思想，内容基本上以探本溯源、追怀祖德、敦睦族谊、激励后昆为主。它悬挂在厅堂、门廊或栋梁下面（栋对），像是客家人崇文重教的宣言，也是客家先贤垂裕后昆的特种教科书。如广东梅江区和蕉岭林氏祠堂联：

忠孝有声天地老；
古今无数子孙贤。

广东大埔县桃源镇仁侯祠联（明钟铭彝撰）：

仁爱桃山，甘棠万载；
廉明源水，永祀千秋。

广东梅县雁洋镇虎形村叶氏祠堂联（民国卢耕父撰）：

望族溯南阳，天假鸿缘论虎踞；
名山数东岭，地占雁里看龙飞。

广东梅州曾龙岃曾氏敬宇堂联：

洙水绍渊源，克箕继裘，卜吉龙乡千载业；
临川衍世系，服畴食德，毋忘祖辈万年恩。

福建宁化安乐夏坊夏氏宗祠联语：

谱牒修明，祖德宗功垂万世；
人文蔚起，孙贤子肖著千秋。

福建连城培田村八四郎祠联：

敦睦一堂，须追孝让高风，永光国史；
本支百世，宜效治平伟绩，复振家声 。

福建永定高陂土楼存德堂厅屏联：

存但欲其余，善而存，自古书田生不息；

德为仁之本，修乃德，由来心地发无疆。

赣南石城温氏汝翁公祠联：

椅枕东华，传来宝殿，龙楼岳秀钟甲第；

门临北极，拱照紫微，星辉云灿焕人文。

江西省修水县陈氏宗祠楹联（清陈宝箴撰）：

聚星征太史之后，明德动天文，继述千秋思祖武；

表宅著义门之望，嘉祥熙帝载，本支百世播清芬。

广西贺州贺街王氏宗祠堂联：

能词善画，摩诘诗才超四杰；

自史通经，祺公文学领三元。

台湾六堆地区王姓太原堂栋对：

武邑展鸿基，继族维新，名门阀阅，家声远振，朝夕馨香追祖德；

蓝坊渡台省，鸠宗建业，厥绥诒谋，世泽绵延，届时荐鼎表孝思。

还有，客家人无论是南徙汉民或本土土著，最初都是居住在地脊民贫的深山角落里艰难地生活。他们经过一代代的努力，前赴后继、吃苦耐劳、披荆斩棘才开出一个新天地。客家人是世界上中华民族中分布最广的一个民系，客家人无论走到海角天涯，都有一个永不泯灭的“乡愁”。遍布世界各地的客家人除了不间断地回“家”看看以外，还在他们的聚居地设立宗祠或会馆，这些楼堂馆所、客家人开办的酒楼商肆门上都镌刻着一副副对联。这两行文字，承载着客家人的传统文化：追怀祖德、念故溯源、思乡爱国、褒扬公益，表达了客家人的真挚情感。如新加坡南洋客属总会大门联：

聚炎黄客家子弟；
会五洲四海乡亲。

会馆大楼长联：

客为谁、主为谁、主客一堂，总是轩辕真系统；
属有绪、宗有绪、宗属同心，会聚星岛叙亲情。

泰国勿洞市八桂堂联：

八府传来，馆建天南，开幕应观新典礼；
桂香飘到，人思地北，登堂如见旧家乡。

印尼蕉岭同乡会三十周年庆典联：

蕉雨初晴，大地乘时随运转；
岭云遥望，长潭无日不神驰。

真正确立客家学的研究，不足百年。《中国客家对联大典》的选题，在征稿函发出以后，便得到很多客家文化人士和有识之士的赞许和响应。当代联家、原广西教育出版社社长兼总编辑、广西楹联学会会长郑妙昌说："你这选题太好了，至少前面500年，后面也许500年没有人会编。前无古人，后无来者啊！"但我并不希望"后无来者"，而是殷望"后继有人"，希望以后有人对《中国客家对联大典》不断进行补充和完善。因为这毕竟是中国首部客家对联"汇集"，尽管她有这样那样的"遗珠"。

出于对客家楹联的"钟情"，我谨能做到这一点点。

2014年6月写于梅江南岸